AF189188

Inhalt:

1

Herstellung und Verlag:
BoD - Books on Demand, Norderstedt
ISBN 978-3-7448-4887-9

Die schwarze Hand

Dichter Nebel versteckte das Schloss noch vor der Außenwelt, nur die Türme wurden schon von der goldenen Herbstsonne verwöhnt.

Hektisches Treiben war im gesamten Schloss zu spüren. Die Mitarbeiter einer Cateringfirma flitzten durch die Gänge und über den Innenhof, bauten traumhaft dekorierte Tische auf und wurden für diverse Aufgaben eingeteilt.

Wieder einmal war es der hübschen blonden Annett gelungen, einen der heiß begehrten Plätze als Modell für die heute noch stattfindende Hochzeitsmoden-Show zu bekommen.

Die IT-Studentin besserte sich so ihr Taschengeld für die letzten Semester auf.

Nur einen ließ die ganze Hektik kalt. Es war Erich, der Museums- und Schlossführer, der in seinem Alter schon zum lebenden Inventar gehörte.

Jetzt lag Erich verkrümmt, mit weit aufgerissenen Augen, in einem Meer von grün-roter Farbe, kopfüber im engen steilen Treppenhaus des Nassauer Schlösschen auf Schloss Hohenlimburg.

Er war in seinem Schloss gestorben, nur viel zu früh und nicht ganz freiwillig.

Die Musik war laut, der Schrei und die hastigen Schritte auf der steilen Holztreppe wurden deshalb überhört.

Endlich ist die Modenshau vorbei, sie war ein voller Erfolg.

Der Fürst ist begeistert. Mit einem Augenaufschlag kann Annett ihn dazu bewegen, dass er ihr die schwarze Hand zeigt.

Das Wahrzeichen von Schloss Hohenlimburg.

Gleich haben sie das Ziel erreicht, nur noch die steilen Holztreppen des Nassauer Schlösschen.

Keine Entzückungsrufe, sondern ein Schrei zerreißt die Stille des Treppenhauses.

Blut tropft von oben die Treppe herunter.

Der Fürst murmelt erschüttert :

„Oh mein Gott, Erich."

Als er bei ihm ist, fällt sein Blick auf eine geöffnete Vitrine.

Dort wo bis vor kurzem die schwarze Hand lag, ist nun gähnende Leere.

Auch Annett hat sich inzwischen etwas beruhigt. Erich ist tot.

Der Fürst alamiert die Polizei und lässt das Nassauer Schlösschen sperren.

Noch ist Annett zu aufgeregt, um sich mit jemanden zu unterhalten und sucht sich ein ruhiges Plätzchen.

Dorthin nimmt sie ihre letzten Eindrücke mit.

Die dunklen traurigen Augen des Fürsten und den toten Körper von Erich, der in einem Meer von roter und grüner Farbe ruht.

Sie findet einen Platz unter dem Aufgang zum Treppenhaus, dem Tatort.

Warum geht ihr der Gedanke von einem Tatort durch den Kopf ?

In diesem Moment wird aus Annett Winter eine zweite Miss Marple.

Erich ist tot und die schwarze Hand wurde gestohlen. Aber warum?

Ihr Handy und das Internet helfen Annett bei der Suche.

Sie tippt ein: Wer will die schwarze Hand und kommt so auf ein mysteriöses Portal, dem Darknet. Tatsächlich, ein Verkäufer namens Schatzsucher hat vor drei Stunden eine schwarze Hand eingestellt.

Annett will dem Fürsten helfen und fängt an zu kombinieren.

Was hat sie gesehen?

Was ist passiert?

Auf ihrer Suche stößt sie auf einen Artikel von Friedrich Gebauer, in dem er behauptet, dass der Fürst das Wahrzeichen von Hohenlimburg, die schwarze Hand, verkaufen will.

Hat der Fürst etwa alles selber geplant?

Nein, seine Reaktion über den Tod von Erich konnte nicht gespielt sein. Auch die vielen Kommentare zu diesem Artikel widerlegen schnell Annetts Gedanken.

Herr Gebauer war Lehrer und hat sich auch vor seiner Pensionierung nie mit Veränderungen abfinden können. Er hasst alles Neue.

Doch halt, was ist das für ein Artikel, Annett muss schmunzeln. Ein Dr. Engelbert von Weißenfels behauptet, dass die schwarze Hand seinen Vorfahren gehören würde. Er kritisiert den Fürsten öffentlich, weil er ihm keine DNA–Analyse gestattet. Damit könne er dann endlich beweisen, dass die schwarze Hand in die Gruft seiner Ahnen gehöre.

Auf der Messe ist Annett ein Mann aufgefallen, der viel zu alt für Heiraten war. Hat er nicht mit dem Fürsten geredet und ihm etwas geben wollen?

Ist er der Täter?

Nein, zwei Sicherheitsbeamte haben ihn aus dem Schloss begleitet. Annett kann sich daran erinnern, weil jemand hinter ihr sagte :

„Ach schau her. Dr. von Weißenfels ist auch wieder hier und hat wieder mal etwas geschrieben."

Ja einen seiner Artikel kennt Annett schon.

„Los denk nach", sagt Annett leise zu sich. Da fällt ihr noch jemand ein.

Eine junge Frau, die im Waschraum versuchte einen Fleck aus ihrem Poloshirt zu waschen. Sie gehörte zu der Cateringfirma, was Annett an ihrer Kleidung unschwer erkennen konnte.

Wie heißt der Mann, den die Leute den Grießgram, den Nörgler nannten?

Er stand im Hof und schimpfte vor sich hin, sehr leise, fast lautlos. Er war doch die ganze Zeit im Hof, oder?

Annett ist zum Heulen zu Mute, weil sie nicht weiterkommt. Sie würde zu gerne eine Lösung finden und sie dem Fürsten mitteilen.

„Hast du dich etwa in den Fürsten verliebt?" fragt sie sich nun. Schnell verbannt sie diesen Gedanken aus dem Kopf und konzentriert sich wieder.

Annett ist erstaunt, was sie in so kurzer Zeit alles herausgefunden hat. Die Polizei schwirrt wie ein Bienenschwarm im Nassauer Schlösschen umher.

Durch ein angelehntes Fenster dringen Gesprächsfetzen an ihr Ohr.

... was wird eigentlich aus rot und grün .... warum hat der Tote eine fast leere Tube grüner Farbe in der Jacken ... Thomas ... mitkommen...

Annett will schon fast aufgeben, sie lässt ihren Blick in die Baumwipfel schweifen und dann wieder zurück auf den grünen Rasen.

GRÜN

Hatte die Frau nicht versucht, sich grüne Farbe aus dem Poloshirt zu waschen?

Ist sie nicht erschrocken, als Annett ebenfalls den Waschraum betrat?

Wie heißt sie, würde Annett sie wieder erkennen?

... Andrea ... Birgit... Julia .. nein Jane. Ja Jane, so wurde sie von jemanden gerufen, fällt Annett nun ein.

Wo ist Jane?

Wo ist die schwarze Hand?

Ist Jane die Schatzsucherin?

Ein Polizist gesellt sich zu Annett, um ihr ein paar Fragen zu stellen. Der Polizist ist jung und voller Tatendrang, den Fall schnell zu lösen.

Annett beantwortet geduldig seine Fragen. Doch ihre Gedanken schweifen immer wieder ab.

Wo ist Jane, ja sie muss die Täterin sein. Die schwarze Hand muss unbemerkt aus dem Schloss gebracht werden.

Ein grotesker Gedanke kommt Annett in den Sinn, etwa in einem der leeren Essensbehälter?

Einige Mitarbeiter der Cateringfirma haben Feierabend und streben nun dem Ausgang zu.

Eine davon ist .... Jane, sie wirkt fahrig und hält einen Rucksack fest vor ihrer Brust.

Einem Zeigestock gleich, streckt Annett nun ihren Arm aus und deutet auf die junge Frau. Im selben Moment erfasst ein Sonnenstrahl Jane und lässt den Rest des grünen Fleckes auf ihrem Poloshirt aufleuchten.

Der Polizist schaut in die Richtung, Jane zuckt zusammen und beginnt schneller zu laufen.

„Halt, stehen bleiben, Polizei." schreit er, springt auf und rennt auf sie zu.

Sie macht sich dadurch auch für ihn sehr verdächtig.

Was hat sie im Rucksack?

Ist dort die schwarze Hand?

Kurz darauf hat er Jane überwältigt und öffnet vorsichtig ihren Rucksack.

Die schwarze Hand findet sich sicher verpackt in einem Schuhkarton darin.

Jane weint und schluchzt.

„Ich wollte es nicht. Er war plötzlich da, ich brauche das Geld. Ich wollte es nicht."

Die Polizei bringt Jane zum Wagen.

Der Fürst hält den Karton mit der schwarzen Hand, den Schatz seiner Burg, in seiner Hand.

Annett dabei anschauend, meint er lächelnd :

„Danke Miss Marple."

Grausige Entdeckung

Das gesamte Schloss Hohenlimburg ist in rot und gold geschmückt. Über dem Burgtor hängen zwei riesige goldene Eheringe.

Ihre golden Hochzeit und ihr runder Geburtstag, 70 Jahre, sind Grund genug für Gertrud und Werner von Kunst, hier groß zu feiern.

Die Beiden sind in vielen Vereinen aktiv und Werner als ehemaliger Bankdirektor auch sehr angesehen.

Weit über 100 Gäste tummeln sich im Schloss und Schlosshof.

Eine Cateringfirma sorgt für kulinarische Köstlichkeiten.

Der Gabentisch biegt sich unter der Last zahlreicher Präsentkörbe, Blumen und Geschenken. Das Wetter zeigt sich heute von seiner besten Seite und die Sonne strahlt.

Unter großen weißen Sonnenschirmen sitzen die Gäste und lassen sich Kaffee, Tee und diverse Kuchen schmecken.

Es gibt vom Gugelhupf in verschiedenen Variationen bis hin zur fünfstöckigen Hochzeitstorte alles. Die vielen Obstkuchen strahlen in bunten Farben.

Niemand findet es übertrieben oder lässt es sich anmerken.

Die Enkelkinder toben durch das Schloss, auch für ihre Unterhaltung ist gesorgt. Clowns, Kinderschminken und Märchenerzähler gibt es.

Die Attraktion für die Kleinen ist das Angeln im Schlossbrunnen. An magnetischen Angeln schweben kleine Überraschungen ans Tageslicht.

Leise, dem festlichen Rahmen angepasste Musik umrahmt die Feier. Alle genießen die Festivität und sind gut gelaunt.

Alle?

Nahezu unbemerkt von dem Treiben nähert sich lautlos ein bunter Fesselballon dem Schloss.

Lars, Peter und Hendrik haben sich einen Traum zu ihrem Geburtstag erfüllt: eine Fahrt mit einem Fesselballon.

„Meine Herren extra für Sie zum Geburtstag habe ich das Schloss Hohenlimburg schmücken lassen." sagt lachend Jens, der Ballonführer zu ihnen.

„Wie nah können wir uns denn dem Schloss nähern? So nah wie bei Pippi Langstrumpf, dass wir die Turmspitze berühren können?"

„Nein so nah nicht. Aber etwas näher schon."

Peter nimmt seine Kamera und zoomt das Schloss näher heran. Kurz darauf wird er blass und murmelt:

„nein ... oh mein Gott .... nein."

Alle starren ihn an, wortlos dreht er seine Kamera und zeigt ihnen das Bild. Dort ist eine junge Frau zu sehen, die aus einem Turmfenster hängt. Sie hängt dort wie ein Wäschestück auf einer Leine. Aus ihrem Rücken ragt ein Stab und ihre weiße Bluse ist rot vom Blut getränkt.

Ein makabrer Scherz der Gesellschaft? Aber warum dann nicht in den Innenhof hängend.

Peter nimmt noch einmal die Kamera und versucht das Gesicht der Frau her zu zoomen. Seine Stimme klingt wie ein Automat, als er nun zu den Anderen sagt :

„Lars.. ruf.. die.. Polizei.. Eins.. Eins.. Null.. an.. ein.. Mord.. auf.. Schloss.. Hohenlimburg.. Opfer.. ist.. im.. Schlossturm.. ganz.. oben.."

Dann zoomt Peter noch das Fenster her und macht Aufnahmen davon und vom Raum dahinter, so gut es geht. Er aktiviert die Video-Funktion und beginnt das Ganze zu filmen.

Warum er das gemacht hat, kann er nachher nicht sagen. Er handelt nur, vielleicht hat er zu viele Krimis gesehen und ist die Rolle der Ermittler geschlüpft.

„Die Polizei ist alarmiert und unterwegs." sagt Lars.

„Meine Herren, das war nicht geplant. Mein Chef ist auch informiert und kommt. Wir werden versuchen in der Nähe zu landen. Bitte festhalten, es könnte holprig werden."

Peter verstaut seine Kamera und dann halten sich alle fest. Die Landung ist etwas ruppig, aber sie sind nun sicher am Boden.

9

Die Gesellschaft hat vom Ballon kaum etwas mitbekommen. Eine Gruppe Gaukler unterhält gerade die Gäste. Als der Notruf bei der Polizei eingeht, denken Alle dass es ein Scherz ist.

Trotzdem wird der Anruf ernst genommen und die Polizei rückt mit zwei Streifen zum Schloss Hohenlimburg aus. Ein Rettungswagen wird zur Vorsicht auch angefordert. Erich Kraus, ein sehr erfahrener Kollege, leitet diesen Einsatz.

„Ach, da feiert ja gerade der Herr Bankdirektor a.D. Herr von Kunst sein Jubiläum. Unsereins hat dafür kein Geld. Meine Herren, das volle Programm. Alle Strassen von und zum Schloss sind zu sperren. Wenn das ein Gag für seine Feier ist, dann darf er richtig tief in die Tasche greifen. Zentrale, wir brauchen weitere Streifen zur Verstärkung. Danke."

Jens` Chef hat den Ballon erreicht. Er bringt die Herren nach der Sicherung des Ballons mit dem Auto zum Schloss. Gleichzeitig mit der Polizei treffen sie dort ein.

Herr von Kunst ist nicht begeistert von dem Polizeiaufgebot und der dadurch verursachten Störung.

„Ich kenne den Polizeirat persönlich, dass wird ein Nachspiel haben meine Herren. Unsere Feier so zu stören. Wie ist ihr Name?"

„Hauptkommissar Erich Kraus, Herr von Kunst. Bestellen Sie ihm schöne Grüße von seinem Schwager."

Mit diesen Worten lässt er ihn stehen, stellt 3 Mann zur Sicherung ab und macht sich auf den Weg zum Turm.

„Das ist kein Gag. Das ist kein Gag." murmelt er leise dabei vor sich hin.

Die Türe zum Turmzimmer ist verschlossen. Nach kurzer erfolgloser Suche nach dem Schlüssel und Rücksprache mit der Schlossangestellten, lässt er die Türe aufbrechen.

Ein grausamer Anblick bietet sich den Polizisten. Das Turmzimmer ist als Mädchenzimmer eingerichtet und erinnert stark an Dornröschen. Doch hier muss ein tödlicher Kampf stattgefunden haben.

Das Bett ist zerwühlt, die Frisierkommode verwüstet und vom Spiegel tropft Blut. Überall Chaos und Blut.

Was wollte der Mörder von der jungen Frau?

Der Kleidung nach gehörte sie zur Cateringfirma. Als sich Erich die Leiche näher anschauen will, spürt er etwas unter seinen Schuhen. Mit Gummihandschuhen greift er danach. Es ist eine Haarklammer mit Haaren und ebenfalls Blut daran.

Für den erfahrenen Hauptkommissar sieht auf den ersten Blick alles nach einem Sexualdelikt aus.

Aber irgendwas stört ihn.

Die Kriminaltechnik ist alarmiert und die Gerichtsmedizinerin betritt gerade den Tatort.

„Hallo Erich. Hast du das volle Programm angeordnet?"

„Hallo Susanne. Ja. Wir dachten zuerst es ist ein Gag von den von Kunst. Da sie Geld ohne Ende haben, sollten sie zahlen müssen. Kannst du uns schon etwas Näheres sagen."

„Erich, auf den ersten Blick würde ich sagen: Dass sich das Opfer stark gewehrt hat und mit einer Kurzlanze von der Ritterrüstung in der Ecke getötet wurde. Nach der Körpertemperatur und den Augen muss das Ganze vor ca. 2 – 3 Stunden passiert sein. Also so gegen 13 Uhr. Moment... das Opfer heißt Anja Stein, ist 20 Jahre alt und kommt aus Köln."

„Danke Susanne. Ich habe hier eine Haarklammer gefunden."

„Hast du auch das passende Häubchen gesehen ? Die Ange-stellten tragen heute alle so etwas ?"

„Nein, habe ich nicht."

In der Zwischenzeit werden Peter, Hendrick, Lars und Jens in einem Zimmer im Schloss befragt. Peters Bilder sind sehr hilfreich. Die Gäste werden auch einzeln befragt, bis auf die Befragung der Eheleute von Kunst verläuft alles friedlich.

Erich nimmt drei Kollegen zur Seite und bittet sie, auf Gäste, die eventuell Blut auf den Händen oder Kleidung haben, zu achten.

Die Leiche zu bergen wird schwierig. Die Lanze steckt außer-halb des Turmes im Rücken der jungen Frau.

11

Deshalb muss ein Kran der Feuerwehr angefordert werden um nichts daran zu ändern.

Die Mitarbeiter der Cateringfirma können zum Opfer kaum etwas sagen. Sie ist kurzfristig dafür engagiert worden, war sehr fleißig, freundlich und es gab keine Probleme.

Die Stimmung der Gesellschaft ist etwas eingetrübt doch es wird weiter gefeiert.

Erich will sich noch einmal den Tatort anschauen, als er drei Kinder spielen sieht. Ein Mädchen trägt eine Dienstmädchen-Haube mit Blut daran.

„Hallo, wo habt ihr denn die Haube her?"

„Die haben wir in einer Jackentasche gefunden, da schaute sie raus. Warum, ist das deine?"

„Könnt ihr mir sagen, wo genau das war?"

Die Kinder führen Erich zu einem Tisch. Er bedankt sich und bekommt die Haube. Schnell ist sie in einem Hinweisbeutel verschwunden. Noch während er sich die Jacke näher anschaut wird er von der Seite angesprochen.

„Entschuldigung kann ich Ihnen weiter helfen?"

„Hauptkommissar Kraus. Ist das ihre Jacke?"

„Ja, was ist damit ?" sagt ein Mann um die 40 etwas verwirrt.

„Sie sind ?"

„Entschuldigung, Olaf Wandt. Ich bin ein Neffe 3.Grades von Werner von Kunst. Kann ich Ihnen helfen. Es ist schrecklich, was hier passiert ist."

„Herr Wandt, diese Dienstmädchen Haube haben Kinder in ihrer Jackentasche gefunden? Kennen sie das Opfer? Wo waren sie so gegen 13 Uhr?"

„Wie bitte. Das glaube ich nicht. Nein, das Opfer kenne ich nicht. Von 12 bis 13:30 Uhr war ich beim Kinderschminken und habe Fotos gemacht. Hier sehen sie ?"

Erich überprüft das Alibi von Herrn Wandt und es stellt sich als wahr heraus.

„Entschuldigen Sie Herr Wandt. Aber es sprach alles gegen Sie. Können Sie sich vorstellen, wer so etwas getan haben kann?"

Herr Wandt schaut sich lange um und meint dann etwas leiser zu mir.

„Herr Hauptkommissar ich will niemanden verdächtigen. Aber ich habe etwas gesehen. Gertrud ist kurz nach mir wieder in den Schlosshof gekommen und sah etwas verstört aus. Sie trug nun ein rosafarbenes Kleid davor war es ein beigefarbenes. Ich kann mich so genau daran erinnern, da ihr beige überhaupt nicht stand."

„Herr Wandt, danke für den Hinweis. Haben die Gastgeber einen separaten Raum in dem sie sich zurückziehen?"

„Ja, hinter dem Geschenketisch ist eine Tür und dahinter ist ein Zimmer."

In Erichs Nähe stehen zwei Beamte, zu Dritt gehen sie nun unauffällig aber rasch zu dem beschriebenen Zimmer.

Tatsächlich, in einer Reisetasche werden sie fündig. Das beige Kleid ist zerrissen und weist verwischte Blutflecken auf.

Schnell wird Frau von Kunst samt ihrem Ehemann mit den Tatsachen konfrontiert.

Es dauert noch eine ganze Weile bis Beide weinend zusammen brechen und das Ganze gestehen.

„Anja habe ich heute zum ersten Mal gesehen. Sie kam auf uns zu mit einem Umschlag. Sie ist eine Tochter einer kurzen Affäre von Werner mit einer Angestellten. Wenn wir sie nicht finanziell unterstüzen würden, dann würde sie mit den Unterlagen an die Presse gehen und uns gesellschaftlich ruinieren. Das konnte und wollte ich nicht zulassen. Sie war unnachgiebig und unverschämt. Ich sah keinen anderen Ausweg. Es wäre nicht aufgefallen wenn dieser blöde Fesselballon nicht gewesen wäre und die Blagen die das Häubchen nicht gefunden hätten. Was hat Olaf zu verlieren, er ist arbeitssuchend und Single......"

Erich kann es nicht fassen, was er gerade gehört hat.

Auch seine Kollegen sind fassungslos....
Casting der SCHLOSS BRÄUTE

Es wird geföhnt, geschminkt, die Glätteisen glühen. Hier und da ist die Luft erfüllt von Haarspray oder den Geräuschen von Föns.
Jens ist fasziniert von den Damen, die sich für ein Casting eingefunden haben mit dem Thema SCHLOSS BRÄUTE.
Charlotte seine Verlobte ist auch dabei. Sie ist eine blonde hübsche Frau, es gibt viele blonde Kandidatinnen, aber auch dunkelhaarige, aber nur eine rote Hexe.
Sie könnte Charlotte gefährlich werden, denn Jens und Charlotte brauchen das Preisgeld von 10.000€ für ihre Hochzeit.
Jens hat auch eine Kamera dabei und wandert durch das Schloss.
Er nimmt an einer Schlossführung teil und bekommt Einblicke in das Leben auf dem Schloss.
Besonders beeindruckt sind alle von dem großen Kamin.
Dieser wird vom Treppenhaus aus von den Dienstboten von hinten befeuert.
Ja die feine Gesellschaft hatte es warm und gemütlich und die Dienstboten mussten durch die kleine versteckte Türe für Wärme sorgen.
Warum können die anderen Bräute nicht unsichtbar werden ?
Warum kann die rote Hexe nicht verschwinden ?
Jens hat gerade ein Bild aus dem Fenster in den Schlosshof aufgenommen.
Hinter ihm steht der große alte Kamin, von diesem macht er auch Aufnahmen.
Wo ist noch einmal die Öffnung für das Holz ?
Ja hier ist der kleine dunkle Raum, von dem er beheizt wurde.
Gedanken verloren spielt er mit einem rostigen Messer, das hier jemand vergessen hat.
Wieder unten bei den Kandidatinnen, spricht er die rote Hexe

an.

„Hallo hätten Sie Lust auf ein paar spezielle Fotos für das Casting?"

„Gerne, wenn ich dabei nicht zu spät für die anderen Fotos komme?"

„Nein, das ist Okay, mein Chef weiß Bescheid. Es muss ja nicht jeder mitbekommen, dass man schon eine Vorentscheidung macht."

Ohne Zögern folgt ihm die rote Hexenbraut. Einen richtigen Plan hat Jens nicht, sie soll nur verschwinden. Soll er sie in die kleine Kammer einsperren?

Soll er sie in den Burggraben schmeisen?

Er macht ein paar Bilder von ihr am Kamin. Sie ist eine besonders hübsche faszinierende SCHLOSS BRAUT. Eigentlich die Schönste und auch seine Favoritin.

„Stell dich einmal hier in die Türe."

Nun steht sie vor dem kleinen Raum. Dann geht es schnell, Jens stößt sie in den Raum und will die Türe schließen. Doch die rote Hexe will raus.

Da fühlt er das rostige Messer und sticht zu. Kein Schrei nur die aufgerissenen Augen und das Messer in der Brust sind zusehen, bevor die Türe leise geschlossen wird.

Jens will zurück zu Charlotte, die demnächst ihren Auftritt hat.

Da bemerkt er, dass sein Kameradeckel fehlt.

Hat er ihn am Ort des Geschehens vergessen?

Soll er ihn holen und dabei beobachtet werden?

Jens beschliesst noch einmal zum Kamin zu gehen. Sein Kameradeckel liegt vor der Türe aus der noch ein Stück herausschaut.

Hastig öffnet er kurz die Türe, schiebt das Stoffstück mit dem Fuss rein. Dann hebt er den Kameradeckel auf und verschwindet.

Auf dem Weg nach unten kommt ihm ein Paar entgegen.

Er ist vom Kamerateam und sie vom Schlosspersonal.

Die Beiden können Jens nicht gefährlich werden, da sie mit

ihren Gedanken weit weg sind.

Niemand vermisst die rote Hexe wirklich.

Dem Casting Team ist es egal und die anderen Kandidatinnen sind fast froh, dass sie weg ist.

Es dauert noch eine Weile bis die Gewinnerin fest steht.

Charlotte hat leider nicht gewonnen und müssen deshalb noch etwas für ihre Hochzeit sparen.

Also war die Tat umsonst......

Razzia

Mein erstes Meeting und alles geht schief !
Mein Wecker klingelt statt um 5:30 Uhr schon um 3:30 Uhr,
aber anstatt ihn richtig einzustellen, schalte ich ihn aus. Aus der
Dusche kommt heute nur eiskaltes Wasser und mein Brot ist
total verschimmelt.
Dementsprechend motiviert mache ich mich mit dem Auto auf
den Weg zum Bahnhof. Das nächste Fiasko liegt schon vor
mir, eine große Baustelle, die mich 30 Minuten kostet.
Als ich dann mein Auto auf dem Bahnhofsparkplatz abstelle,
habe ich gerade noch drei Minuten Zeit bis zur Abfahrt des
Zuges.
Ich muss über den Bahnhofsvorplatz und bis zum Gleis 14. Ich
ziehe meinen Ledermantel an, schnappe meine Mappe vom
Rücksitz, verriegel mein Auto und renne los.
Das zur selben Zeit auf dem Bahnhofsvorplatz mehrere Polizisten eine Razzia bei den Pennern, Punkern, Alkoholikern und
Junkies durchführen, bemerke ich nicht.
Als ich dann auch noch über eine Tasche stolper, fluche ich
nicht sehr damenhaft und renne weiter. Unbemerkt errege ich
dadurch die Aufmerksamkeit der Polizei, die mich nur fluchen
hören, von hinten jemanden in einem langen Ledermantel und
wehenden roten Haaren davonrennen sehen.
Zwei von Ihnen rennen mir hinter her. Ich höre zwar schnelle
Schritte hinter mir, doch ich nehme vor lauter Hektik, ihre Rufe
stehen zu bleiben nicht wahr. Die beiden Polizisten deuten
mein Verhalten als Fluchtversuch und beschleunigen nochmals
ihr Tempo.
Die Zugtüren beginnen sich gerade zu schließen, als ich noch
reinspringen will. Doch ich habe meine Rechnung ohne die
Polizisten gemacht. Sehr unsanft werde ich von der Zugtüre
weggerissen, an eine Anzeigetafel gedrückt, meine Arme
werden nach hinten gebogen und dort mit Handschellen fixiert.
Mit ungeschminkten hochroten Gesicht blicke ich sprachlos in

die Gesichter der Polizisten, Schminken und Frisur stylen, wollte ich während meiner einstündigen Zugfahrt erledigen. Bevor ich noch etwas sagen kann, werde ich von den beiden Beamten in Richtung Ausgang geschoben. Viele Leute blicken mich verwirrt bis ärgerlich an. Eine ältere Dame sagt zu ihrem Nebenmann; so hat man endlich jemanden beim Schwarzfahren erwischt.

Ich frage mich ob ich wie eine Schwarzfahrerin aussehe, während ich in Richtung Ausgang stolpere. Draußen warten schon drei VW-Busse. In den einen werde ich zusammen mit Pennern und Betrunkenen verfrachtet. Es ist sehr unbequem mit auf den Rücken gefesselten Armen zu sitzen.

Da klingelt auch noch mein Handy in der Mantelinnentasche. Leider kann ich das Gespräch nicht entgegennehmen. Das wird sicherlich mein Chef sein, der mir letzte Regeln mitteilen will. Er gibt nicht auf und versucht alle paar Minuten mich zu erreichen. Er ist im Moment sowieso nicht so gut auf mich zu sprechen. Gestern hatte er mir auch noch angedroht, wenn ich dieses Geschäft vermassle, dann könne ich mir gleich einen neuen Job suchen. Seine Nichte würde alles viel besser machen und könnte sofort anfangen. Nach dem neunten Versuch ist Funkstille, also kann ich davon ausgehen, dass ich gerade eben gefeuert worden bin.

„So ein Mist", geht es mir durch den Kopf und mir laufen Tränen über die Wangen. Eine betrunkene ältere Dame meint mitfühlend zu mir : „Du musst nicht weinen meine Kleine. Die Polizei tut dir nichts, du musst ein paar Fragen beantworten, dann bekommst du etwas zu Essen und zu Trinken. Eventuell noch eine trockene Schlafstelle für die nächsten Tage."

Bei diesen netten Worten muss ich wieder lächeln: „Siehst du meine Kleine, nun geht es Dir schon wieder besser."

In einem Innenhof öffnen sich die Autotüren und wir werden von anderen Beamten in Großraumzellen verfrachtet. Gott sei Dank bekommen wir die Fesseln abgenommen.

Die Anderen brüllen und fangen an zu randalieren. Ich verziehe

18

mich in eine Ecke und will aus meiner Mantelinnentasche mein Handy rausholen. Doch ich habe die Rechnung wieder ohne die beiden Beamten in Zivil gemacht, welche mit uns in der Zelle sind. Eine Sekunde später, ich habe meine Hand noch in der Mantelinnentasche, stehen die Beiden mit gezogener Waffe vor mir, befehlen mir mich nicht mehr zu bewegen und meine Hand ganz langsam aus dem Mantel zu nehmen.

Nun grölen die Anderen erst recht, fangen an die Beamten zu beschimpfen und zwei werden auch ihnen gegenüber handgreiflich.

Den beiden Beamten wird es zu bunt, ich bekomme von Einem einen heftigen Schlag gegen die Schulter, fliege in die Ecke, stoße mir die Nase an und sinke zu Boden. Das Letzte was ich noch mitbekomme ist, dass die Anderen immer aggressiver und lauter werden und dass irgendwas stark aus meiner Nase läuft.

Etwas benommen nehme ich kurz darauf wieder meine Umwelt wahr und nicke oft ein. Wir werden einzelnen von nun ziemlich genervten Beamten aus der Zelle geholt und in ein anderes Zimmer gebracht.

Ich bin die Letzte in der Zelle und hocke immer noch in der Ecke. „Steh auf", faucht mich ein Beamter an. Als ich nicht gleich reagiere, greift er nach meinem Arm und zerrt mich hoch.

Doch plötzlich geht ein Ruck durch ihn, er schaut mich entsetzt an, brüllt : „Scheiße" und ruft nach einer Frau Schulz. Diese eilt aufgrund seines Tonfalles zusammen mit zwei weiteren Beamten herbei. Durch das ruckartige Aufstehen und den Blutverlust, bekomme ich alles wie durch einen Schleier mit.

Ich werde nun hochgehoben, auf etwas Gepolstertes gelegt und plötzlich berührt mich etwas Feuchtes im Gesicht. Dadurch schrecke ich zusammen und schreie auf. Sofort wird es von meinem Gesicht entfernt und ich bekomme etwas in den Arm gepikst. Im ersten Moment will ich wieder schreien, doch ich fühle plötzlich, wie ich wieder wacher werde, wie wieder Leben in meinen Körper zurückkehrt und ich langsam wieder klarer werde. Ich schließe wieder meine Augen und lasse sogar das Feuchte auf meinem Gesicht zu. Es dauert doch noch eine ganze Weile, bis ich alles wieder klar und aufmerksam wahrnehme. Ich realisiere, dass ich auf einer Liege liege in einem fast kahlen Zimmer. An den Wänden hängen Plakate mit den Infos für Erste Hilfe und dem richtigem Verbinden einer Wunde. Eine Frau im weißen Mantel notiert sich etwas und blickt gerade auf den Tropf, an dem ich angeschlossen bin, als sie bemerkt, dass ich wach bin.

Sofort werden die Polizeibeamten informiert und kommen herein. Vorsichtig erhöht sie das Kopfteil meiner Liege, sodass ich etwas aufrecht sitzen kann.

Zwei Beamte ziehen sich einen Stuhl an meine Liege heran und fangen an mich zu verhören. Je mehr Fragen ich wahrheitsgemäß beantworte, desto erstaunter blicken sie mich an. Als ich Ihnen auch die Telefonnummer meines Chefs mitteile, werden sie nervös. Ein Beamter verlässt den Raum um meine Aussage zu kontrollieren und kommt nach 15 Minuten zerknirscht wieder zurück.

Er ergreift nach Rücksprache mit den Anderen das Wort und entschuldigt sich ausgiebig bei mir.

Die Beamten bei der Razzia hatten mich nur von hinten wahrgenommen. Sie wären nach meinem Fluchen, dem langen Ledermantel, meinem Wegrennen und dass ich dem Befehl stehen zu bleiben ignoriert habe, davon ausgegangen, dass ich auch zu Ihrer Zielgruppe gehören würde.

Durch diese Fehlinterpretation wurde ich festgenommen. Es würde ihnen auch sehr leid tun, dass ich durch den Stoß in der Zelle sehr heftiges Nasenbluten bekommen hätte. Man würde das Möglichste versuchen um mir den daraus entstandenen Schaden wieder gutzumachen.

Duell der Priesterinnen

Von der Priesterin zur Hohen Priesterin ist es ein steiniger Weg.

Man muss Prüfungen bestehen, spezielle Zermonien durchleben und am besten einen Fürsten als Leumund haben.

Für mich ist der Weg noch steiler, der Zermonienmeister erkennt mich nicht an und einen Leumund habe ich nicht.

Ich habe mir mein Wissen über Heilkräuter, Hypnose, Massagen und Handauflegen mühevoll alleine angeeignet.

Meine Erfolge sind nicht zu verachten, auch das Gegenteil mit dem Aufzwingen des eigenen Willens, dem Lähmen bis hin zum Töten, ist mir nicht fremd.

Wieder einmal tagt der Rat der Hohen Priester über die Entscheidung der Aufnahme von Priestern in ihre Reihen.

Ich rechne mir keine Chance aus und so ist es auch.

Ich brauche einen Fürsprecher !

Es ist ein sonniger Freitag, ich komme zurück aus München, wo ich seltene Heilkräuter und andere Sachen gekauft habe.

Aber auch böse Kräuter, sie gehören ebenfalls zum Werkzeug einer Priesterin.

Neben dem Bahnhof findet heute ein großer Flohmarkt statt, da ich Flohmärkte liebe, gehe ich noch dorthin.

Ich bemerke eine Gruppe von jungen Leuten, darunter ist auch ein hübsches junges Mädchen. Doch ihre Gesichtszüge sind komisch, das Zucken der Augenlider und des Kopfes. Das mitten im Trubel, sie bleibt zurück und niemand kümmert sich um sie.

Ich kann und werde nicht tatenlos zusehen und gehe auf sie zu.

Das Zucken ist heftiger geworden, da nehme ich sie an der Schulter und führe sie weg vom Trubel. Im meiner Tasche habe ich Kräuter, die gegen so einen epileptischen Anfall schnell helfen.

Noch während ich sie zu einem ruhigen Platz und einer Bank führe, fahnde ich mit einer Hand nach den Kräutern.

Ich drücke auf drei Entspannungspunkte und gebe ihr drei Blätter zum langsam kauen.

Schnell ist der Anfall vorbei und sie atmet wieder ruhig und normal.

Sie schaut mich verwundert und dankbar an.

„Danke schön. Sind Sie Ärztin ?"

Ich trage ein langes Samtkleid und meinen Schmuck als Priesterin.

„Nein nicht direkt. Ich verstehe mich auf die Anwendung von Heilkräutern und Akkupressur. Geht es dir wieder gut ? Versuch mal langsam aufzustehen, sobald es dir schwindelig wird, sag bitte Bescheid."

Vorsichtig und langsam steht sie auf und läuft ein paar Schritte.

„Danke. Vielen Dank. Es geht mir wieder sehr gut. Vielen Dank...."

„Jasmin, sag einfach Jasmin zu mir. Und wie heißt du „

„Sarah. Sarah von Berg. Danke Dir, Jasmin von ganzem Herzen."

„Sarah hier hast du meine Karte, falls du wieder Probleme hast, ruf mich an. Ich gebe dir noch ein paar Kräuter mit. Wen du merkst es kommt ein Anfall, zerkaue ein Blättchen. Wenn es schon heftiger ist, dann zwei Blättchen."

„Vielen vielen Dank, darf ich dich umarmen ?"

„Gerne Sarah komm her."

Sarah geht wieder zu ihren Leuten und winkt mir noch einmal.

Ich gehe nochmals in Ruhe über den Flohmarkt. Kaufe ein paar Mörser aus Stein.

Zum Schluß entdecke ich noch ein altes handgeschriebenes Buch einer Nonne über alte chinesische Heilmedizin. Es gehöre seiner Oma, sagt der Verkäufer, sie hätte es von einer Klosterschwester aus Bayern bekommen.

Ich freue mich darauf, es auf meiner Terrasse sitzend, zu lesen.

Während ich das Buch verschlinge, es ist spannend und hoch interessant, geht es mir gut.

Wenn ich es zur Seite lege, fange ich an zu grübeln :

Warum hat es wieder nicht geklappt ?
Was mache ich falsch ?
Sollte ich die Stadt wechseln ?
Aber ich liebe mein Hamburg. Also bleibt mir nur eines, ich muss warten und mir einen Fürsprecher suchen.
Aber wo ?
Soll ich einen Aufruf im Internet starten :
Priesterin sucht Fürsprecher um endlich Hohe Priesterin zu werden ?
Jetzt mache ich mir erst einmal einen Kräutertee. Was für eine Wohltat.
Inzwischen ist es Abend geworden, ich versorge meine Kräuter und mache mir etwas zu essen.
Eigentlich will ich mir ein ruhiges Wochenende machen, doch da erhalte ich von einer befreundeten Priesterin Simone eine Email.
Morgen Abend findet 100km von mir entfernt eine Versammlung inklusive Vortrag von einer Heilpriesterin statt. Sie hat eine Einladung bekommen und darf einen Gast mitbringen. Ich könnte bei ihr schlafen.
Ich sage zu, denn was soll ich alleine zuhause grübeln.
Die Versammlung findet in einem noch vollständig erhaltenen Gewölbe einer Burgruine statt.
Wir Beide geben ein tolles Bild ab, Svenja hat schwarze lange lockige Haare und ein rotes Samtkleid an und ich rote lockige lange Haare und ein schwarzes Samtkleid.
Den glänzenden Schmuck einer Priesterin tragen wir beide.
Der Raum ist von Kerzen erleuchtet und es sind ca. 40 Leute anwesend.
Die Einladungen und Personalausweise werden hier sehr genau vom Sicherheitspersonal kontrolliert.
Für mich eigentlich nichts Neues, doch in dieser Intensität habe ich es noch nie mitgekommen.
Da bekomme ich in der Pause eine SMS
„Mir geht es immer noch gut. Vielen Dank Sarah."

„Das ist schön. Pass auf dich auf. Jasmin."
Wir trinken eine erfrischende Kräuterlimonade. Das Buch der
Heilpriesterin habe ich mir schon gekauft, es ist vieles was ich
noch nicht weiß darin.
„Jasmin ??"
Eine dunkle mysthische Männerstimme fragt mich das von
hinten.
„Ja, wer möchte das bitte wissen ?" dabei drehe ich mich um
und erstarre.
Ein zwei Meter großer Hüne mit Vollbart und Brille im
Gewand eines Hohen Priesters steht nun vor mir.
„Ich."
„Entschuldigen Sie Hoher Priester, meine freche Antwort. Ich
wußte nicht, wer hinter mir steht."
dabei verbeuge ich mich und begrüße ihn standesgemäß.
Und was macht er ?
Er lächelt nur und meint: „Es sei dir schon längst vergeben
Priesterin Jasmin. Wer so anderen Personen hilft, die er nicht
kennt, der hat die Erlaubnis."
„Sprechen sie von Sarah Hoher Priester ? Ich konnte nicht
tatenlos zusehen, zumal ich die Heilkräuter, dafür in der
Tasche hatte."
Zu gerne hätte ich ihn gefragt, ob Sarah seine Tochter ist, doch
das darf ich nicht.
„Wie kommt es, dass so eine bemerkenswerte Frau noch keine
Hohe Priesterin ist ?"
Da wir inzwischen etwas abseits, auf einem Mauerrest Platz
genommen haben, lasse ich meiner Enttäuschung freien Lauf.
„Da gibt es verschiedene Gründe : der Zermonienmeister
erkennt meine Leistungen nicht an. Ich habe mir dieses Wissen
selbst beigebracht und ich habe keinen Fürsprecher. Entschuldigen Sie, dass ich Sie damit belästige."
„Ich habe dich danach gefragt, Priesterin Jasmin. Sarah ist
meine Nichte und hat mich sofort angerufen. Sie war so
begeistert von deiner Hilfe. Entschuldige die List mit der SMS.

Ich wollte wissen, ob du auch hier bist. Hat doch funktioniert."
„Ja das hat es."
Der Vortrag geht weiter. Ich bin so gebannt von den Aus-
führungen der Heilpriesterin, dass ich das Gespräch für diese
Zeit vergesse.
Zum Schluß stellt die Heilpriesterin Fragen an ihre Gäste.
An meinem Gesichtsausdruck erkennt Sie, dass ich einiges
weiss, auch Außergewöhnliches. Hurra drei Mal bin ich die
Einzige und meine Antworten sind auch richtig. Ich bin stolz
auf mich und Simone meint :
„Wow, ich wußte nicht, was Du alles weißt, Jasmin."
Nach dem Vortrag stehen wir noch beisammen, tauschen
Email-Adressen und Namen aus.
Mit den Augen suche ich sehnsüchtig in der Menge den Hohen
Priester. Er steht bei einer Gruppe von Hohen Priesterinnen
und wird von ihnen mit aller höchstem Respekt behandelt.
Wer ist er ?
Was ist sein Name ?
Leider weiß meine Freundin auch keine Antwort auf meine
Fragen.
„Sorry ich weiß nur, dass er nicht nur ein Hoher Priester ist
Jasmin."
Wir wollen gerade gehen und es uns zuhause bei Simone ge-
mütlich machen, als ich spüre, dass jemand hinter mir steht.
Langsam, aber hoch konzentriert und kampfbereit drehe ich
mich um.
Der Hohe Priester steht hinter mir und taxiert mich.
Gleichzeitig mache ich einen großen Schritt zur Seite, so habe
ich jetzt die Kontrolle über die Situation, zudem ist meine
rechte Hand in meiner Tasche verschwunden. Ich bin bereit die
Kräuter, es handelt sich um eine natürliche Art von starkem
Juckpulver, dem Angreifer ins Gesicht zu schleudern und ihn
somit kurz außer Gefecht zu setzen. Lange genug um zu
flüchten.

Da es sich um keinen Angriff handelt, ist für mein Gegenüber nicht erkennbar, was für Waffen ich besitze.

„Sie haben ein sehr feines Gespür meine Liebe. Mit was hätten sie mich jetzt außer Gefecht gesetzt ?"

„Hoher Priester, mit dem Samen der Hagebutte, vermischt mit der Pestwurz."

„Raffiniert und sehr wirkungsvoll. Haben Sie heute noch etwas vor? Ich würde sie gerne mitnehmen."

Ein Blick zu Simone verrät mir, dass ich es machen soll, einen Zweitschlüssel zu Ihrer Wohnung habe ich schon.

Ergeben nicke ich zur Bestätigung. Wir verlassen den Veranstaltungsort und steigen in eine große dunkle, vor dem Ausgang wartende, Limousine.

Die Fahrt dauert nicht lange und wir halten vor einer alten Villa. Ich habe sie bei meiner Anreise bemerkt und ihre zwei schlafenden Torwächter auf ihren Sockeln bewundert. Es sind zwei große Drachen aus Stein.

Zwei große Doggen stürmen aus dem Haus und bleiben drohend vor mir stehen.

Ich gehe langsam in die Hocke und lasse sie an meinen Händen schnuppern, obwohl mir mein Herz in die Hose rutscht.

Als sie sich davontrollen, stehe ich wieder auf.

„Mein Respekt, Priesterin Jasmin. Habe ich mich eigentlich schon vorgestellt ?"

„Sie begleiten das Amt eines Hohen Priesters, mehr ist mir nicht bekannt."

„So darf ich mich nun vorstellen, Priesterin Jasmin. Mein Name ist Klaus der Hohe Fürst der Dunkelheit."

Wow, vor mir steht der Vorsitzende der Hohen Priester und Priesterinnen. Ich verbeuge mich tief. Aus Berichten weiß ich, dass er sich niemanden offenbart und in der Regel unerkannt bleiben will.

Warum dann mir ?

Weil ich seiner Nichte geholfen habe ?

Inzwischen knurrt mir laut der Magen, vor allem weil mir der Geruch von gegrilltem Fleisch und Gemüse in die Nase steigt. Ein Butler brting auf einem Servierwagen gegrilltes Fleisch, Gemüse und Brot.

Bei Kerzenschein, warmer Luft und einem faszinierendem Gastgeber, ein Traum.

Gegen später, läßt er mich mit seiner Limousine zu Simone fahren. Wir quatschen noch lange und ich merke, dass ich mich in Ihn verliebt habe.

Welche Gefühle hat er für mich ?

Hat er überhaupt Gefühle für mich ?

Ich schlafe und träume von ihm, von langen Abenden auf seiner Terrasse. Wir frühstücken lecker auf Simones Balkon, danach wollen wir noch auf den Mittelaltermarkt in der Nachbarstadt.

Dieses Mal tragen wir beide grüne Priesterinnenkleider und Schmuck. Wir fallen dort nicht so auf, da nahezu alle in Mittelalterkostümen gekleidet sind.

Wir stehen gerade vor einem großen Kräuterstand und sondieren die Auswahl. Mein Korb ist schon gut gefüllt.

Auch von dieser Frau gibt es ein Buch, das schon ganz unten bei mir im Korb liegt.

Da klingelt mein Handy.

„Jasmin hallo."

„Hallo, Priesterin Jasmin. Hier ist Klaus... wo bist du....?"

Seine Stimme klingt wackelig, verstört und traurig.

„Ich bin auf dem Mittelaltermarkt auf Burg Fels. Warum ? Was ist passiert ?"

„Sarah ... sie hatte einen Anfall .. ist im Krankenhaus. Die Ärzte sind ratlos. Ihr geht es nicht gut... Sie hatte deine Kräuter nicht dabei. Darf ich dich abholen? Bitte? „

„Ja aber sicher. Ich warte am Eingang der Burg."

„Danke Jasmin, den Wagen habe ich schon losgeschickt."

Simone schaut mich an.

„Wer war das und was ist los?"

„Sarah ist im Krankenhaus. Es war Klaus. Sorry der Hohe Priester Klaus Fürst der Dunkelheit. Er läßt mich abholen. Die Ärzte sind ratlos. Am Eingang. Sei mir nicht böse."

„Nein viel viel Glück Jasmin."

Ich kaufe die entsprechenden Kräuter und schaue in dem neuen Buch nach. Sie empfiehlt noch eine andere Therapie auch diese Kräuter nehme ich mit. Außerdem noch Mörserschalen, Mörser und Gefäße.

Ich bin gerade am Eingang der Burg angekommen, als ich schon die Limousine erkenne. Der Fahrer ist alleine drin und ich nehme mit meinen Taschen auf dem Rücksitz Platz und sortiere die Kräuter so um, dass ich alles Notwendige schnell griffbereit habe.

Ebenfalls zerstosse ich schon eine entsprechende Menge im Mörser, mische sie und fülle sie in einige Gefäße um.

Der Fahrer beobachtet mich mit großer Freude im Rückspiegel.

So habe ich alles, für die ersten Einnahmen vorbereitet, ebenfalls noch eine Dosis, sollte es zu wenig sein.

Ich bin gerade dabei, die anschließende Therapie bereitzulegen, als wir schon das Krankenhaus erreichen.

Ich nehme nur die vorbereiteten Kräuter und meine Tasche mit, den Rest soll ich im Auto lassen.

Eine Krankenschwester steht schon im Eingang und bringt mich sofort zu Sarah.

Sarah liegt sehr blass und zitternd im Bett. Doch als sie mich in der Türe sieht, beginnen ihre Augen etwas zu strahlen und sie wird ruhiger.

Ich gehe zu ihr ans Bett und nehme sie in die Arme. Dabei massiere ich wieder ihre Entspannungspunkte und gebe ihr die vorbereiteten Kräuter. Nach einer Weile lehnt sie sich entspannt und ruhig zurück und schließt müde, aber glücklich die Augen.

Aber zuvor lächelt sie mich dankbar an und sagt, zart aber deutlich :

„Danke, Jasmin."

Jetzt erst nehme ich die anderen Personen im Zimmer wahr.
Klaus reicht mir ein Glas Mineralwasser, welches ich sehr
dankbar annehme und in einem Zug leere.
Außer ihm sind noch ein Ehepaar, wahrscheinlich Sarahs
Eltern anwesend.
Klaus stellt mich ihnen vor. Beide sind ebenfalls Hohe Priester.
Dankbar nehmen sie mich ohne Worte in den Arm.
Auch Klaus legt seinen Arm um mich und führt mich zu einem
Stuhl an Sarahs Bett.
Da klopft es und ein Arzt betritt unsicher das Zimmer.
Erstaunt blickt er auf Sarah, die friedlich und ruhig atmend in
ihrem Bett liegt und schläft.
Er mißt ihre Temparatur NORMAL und ihren Puls NORMAL.
Er schaut die Eltern an und meint :
„Was ist passiert? Wenn ich es nicht mit eigenen Augen gese-
hen hätte, würde ich es nicht glauben. Warum ist Sarah nun
ruhig und schläft?"
Die Eltern meinen nur :
„Herr Professor Dr. Poll, sie waren mit ihrem Latein am Ende.
Da hat mein Bruder Priesterin Jasmin gerufen. Sie hat Sarah
schon einmal bei einem leichteren Anfall durch Massage und
Kräuter beruhigt. Das ist ihr auch dieses Mal gelungen."
Der Professor schaut mich bewundernd an.
„Herr Professor, darf ich fragen wie Sarah therapiert wird?"
„Wir geben ihr Beruhigungs- und Entspannungsmittel, sowie
Eisen und Magnesium."
„Herr Proffessor ich habe zwar nicht Medizin studiert, doch ich
halte ... Entschuldigung ... diese Therapie nicht für
ausreichend. Es sollten die Adern erweitert und die
Durchblutung gefördert werden, sowie die Atmung durch
Stimulantzen gestützt werden. Verzeihen sie mir bitte meine
Laien-Behauptungen."
„Woher haben sie diese Kenntnisse, Priesterin Jasmin ?"
„Herr Professor aus der chinesischen und klösterlichen
Heilmedizin. Auch dort traten vermehrt diese Symptome auf.

Da gerade kranke Leute den Schutz und die Erlösung im Kloster suchten und fanden.
Ich besitze eine handschriftliche detailierte Aufzeichnung einer Nonne aus Bayern. Dieses Nachschlagewerk habe ich sehr intensiv studiert."
„Faszinierend, und das meine ich ehrlich."
Da spüre ich Bewegung in Sarahs Bett und drehe mich um. Sie wacht auf und dehnt sich genüßlich.
„Langsam, Sarah, bitte. Sei bitte nicht übermütig."
„Hallo Jasmin. Ich wußte dass du mir helfen kannst, das habe ich auch meinen Eltern gesagt. Schön, dass Onkel Klaus dich so schnell gefunden hat. Danke. Darf ich was trinken? Ich habe großen Durst."
Ich schaue mich um, eine Flasche stilles Wasser steht am Bett. Ich gieße etwas in ein Glas, lege einen Zweig Pfefferminze hinein, rühre das Wasser um und gebe es Sarah.
„Langsam bitte nur ein paar kleine Schlückchen und rieche an der Pfefferminze."
Gegen Nachmittag darf Sarah mit ihren Eltern nach Hause. Ich fahre mit Klaus mit und bereite ihr eine zweiwöchige Therapie vor. Dann fahren wir zu Klaus.
Ich weiß nicht viel von Klaus, er lebt im Haus das er von seinen Großeltern geerbt hat, inklusive Personal. Bezieht tolle Einkünfte aus einigen patentierten, bahnbrechenden Erfindungen und interressiert sich für heidnische Opferrituale.
Wieder essen wir auf seiner Terrasse, als ich aus dem Bad zurückkomme, liegt eine kleine schwarze Schachtel auf meinem Platz.
Was ist darin?
Von wem?
Ein Dankeschön von Sarahs Eltern?
Oder ein Geschenk von Klaus?

Die Teufels-Clique

In unserer Kleinstadt geht zur Zeit der Feuerteufel um.
Schon drei Carports und fünf Gartenhäuser fielen den Flammen zum Opfer.
Überall fand man leere Benzinkanister in der Nähe.
Auf vier davon klebte eine Tarotkarte mit einem Teufel darauf.
Und somit hatte man die Schuldigen die Mitglieder der Teufels-Clique.
Schon drei ihrer Mitglieder wurden verhaftet, mussten aber aufgrund von Mangel an Beweisen und Alibis wieder freigelassen werden.
Alle Mitglieder werden beschimpft, man verkauft ihnen nichts mehr und sie wurden sogar aus den Restaurants und Kneipen geworfen.
Mein Freundeskreis treibt es am Schlimmsten. Doch ich halte mich raus und stelle die Anschuldigungen noch in Frage.
Ich versuche, ihnen klar zu machen, wie doof man sein muss, an die Kanister Teufelskarten zu kleben. Da könne man sich doch gleich davor stellen und es unter Zeugen anzünden.
Ich bin auf dem Heimweg von einem Grillabend mit Freunden. Doch wie immer hatten wir nur ein Thema die Teufels–Clique.
Da es schon dunkel ist, habe ich das Radio laut an und singe mit um mich abzulenken.
Plötzlich macht mein Auto einen Satz und bleibt stehen. Ich bekomme es nicht mehr zum Laufen. Als ich mein Handy aus der Handtasche nehme, bemerke ich „KEIN NETZ" .
Ich schlage mit der Hand aufs Lenkrad und fluche.
Noch brennt das Licht, doch wie lange noch. Es ist 1:45 Uhr und auf dieser Strecke ist niemand unterwegs. Warum bin ich nur durch den Wald gefahren und nicht auf der Hauptstraße geblieben ?
Mir wird es kalt, unheimlich und ich beginne mich zu fürchten.
Ich will nach Hause !

Es nützt nichts, ich muss aussteigen und zurück zur Hauptstraße laufen. Es ist ziemlich dunkel, doch mit der Displaybeleuchtung meines Handys, sehe ich wenigstens ein bisschen.

Ich lasse es aber nicht die ganze Zeit leuchten, denn mein Akku ist nicht mehr ganz voll.

Da passiert es : ich stolpere über eine Wurzel und stoße mit dem Kopf hart an einen Baum.

Den letzten Geruch den ich wahrnehme ist feuchtes Moos. Danach umhüllt mich der Mantel der Bewusstlosigkeit.

Wie lange ich so gelegen habe, weiß ich nicht mehr. Aber es muss eine Zeit lang gewesen sein, denn es beginnt schon zu dämmern.

Nur ganz langsam realisiere ich wo ich bin. Mein Fuß schmerzt und etwas läuft mir über das Gesicht. Mit meiner Hand versuche ich es wegzuwischen, doch als ich es anschaue .. es ist Blut....

Ich schreie laut auf ... Mein Schrei klingelt gespenstisch durch den Wald.

Doch ich habe keine Ruhe, ein riesiger Hund kommt auf mich zu. Irgendwo habe ich gelesen, jetzt keine Angst zu zeigen.

Blöder Ratschlag, wenn der Fuß schmerzt und dir Blut übers Gesicht läuft. Doch ich bin standhaft.

Der Hund schnüffelt an mir und leckt mir die Hand, dabei winselt er. Plötzlich bellt er laut.

Es klingt als würde ein Donner durch den sonst noch so stillen Wald zu hallen. Ich zucke zusammen, wie als würde er mich beruhigen wollen, leckt er wieder meine Hand.

Da lösen sich aus dem Dickicht drei dunkle Gestalten (Lederhosen, T-Shirts mit Teufelsmasken darauf) . Die Teufels-Clique!

Der Hund der Wotan gerufen wird, wedelt mit dem Schwanz. Ich schließe meine Augen und warte auf den Gnadenstoß.

Der Duft von Leder, Feuer und Rauch steigt mir in die Nase und ich fange an zu weinen.

Ich weiß nicht warum, bisher war ich mutig und verteidigte die Teufels–Clique.

Doch meine momentane Situation : alleine, auf dem Boden liegend, blutend und drei Männer als Gegner vor einem stehend, lässt mich verzweifeln.

Durch die Tränen verschwommen blicke ich in ein Männergesicht und vernehme die Worte :

„Hallo, kannst du mich verstehen? Was ist passiert? Wie heißt du?"

Ich versuche in meinem inzwischen schmerzenden Kopf, die Fragen zu sortieren und Antworten darauf zu suchen.

Worte deren Klang mir fremd vorkommen verlassen meinen Mund :

„Ich verstehe Dich, bin gestolpert, mein Auto streikt, mein Name ist Jasmin."

Dann werde ich vorsichtig hochgehoben und wie eine Braut in eine Richtung getragen. Um die Äste nicht abzukommen, lehne ich meinen Kopf an seine Schulter. Ein Gefühl der Sicherheit strömt durch meinen Körper.

Wir erreichen eine Hütte und ich werde sanft auf ein Bett gelegt. Vorsichtig wird mein Gesicht, mit warmen Wasser, vom Blut gereinigt. Mein Fuß ist inzwischen dick angeschwollen und pocht.

„Du musst ins Krankenhaus oder zum Arzt gehen. Deine Platzwunde muss eventuell genäht werden und dein Fuß geröntgt."

Die drei Männer samt Wotan bringen mich ins Krankenhaus und verschwinden dann.

Mein Auto habe ich am nächsten Tag mit meinem Bruder zusammen abgeholt.

An der Windschutzscheibe steckt eine schwarze Rose und mir war es als höre ich ein Donnern durch den sonnigen Wald hallen......

VERSCHWUNDEN

 # Nicht jeder der hier reinfährt, kommt auch wieder raus#

Dieses Schild hängt an einer großen Geisterbahn auf dem Hamburger Dom. Es ist die neueste Geisterbahn mit tollen Spezialeffekten aus Amerika. Die einzelnen Bauteile sind auf sechs Schwertransporter und der Aufbau verschlingt mehrere Tage.
Der Preis für eine Fahrt beträgt stolze 10 Euro. Ist zwar teuer, aber es soll sich lohnen. Das sagen mir mehrere Leute, die gerade damit gefahren sind.
Die Geisterbahn bietet Gruselspaß auf 4 Etagen. Ganz oben fährt ein Wagen mit einer Puppe im Kreis rein in die Türe und auf der anderen Seite wieder raus. Die Puppe ist blond und trägt ein rotes Kleid.
Jetzt fährt der Wagen wieder mit der Puppe rein und kommt ohne Puppe wieder raus. Ich stutze, nicht jedes Mal ist die Puppe nicht mehr im Wagen, sondern nur hin und wieder. Aber die Fahrtdauer des Wagens ist immer gleich lang.
Da fällt mir das Schild wieder ein. Ich bin zwar kein Geisterbahnfahrer, doch dieses Fahrgeschäft fasziniert mich sehr. Besonders hier auf dem Hamburger Dom ist alles großartig, viele super Attraktionen.
Nun etwas zu meiner Person: Ich heiße Julia Brandt und lebe nun seit 2 Wochen hier im schönen Hamburg. Ich habe die einmalige Gelegenheit bekommen, den Kollegen von der Mordkommission der Polizei in Hamburg zu assistieren bzw. von ihnen zu lernen. Ab morgen Samstag für 12 Monate, ich bin ebenfalls Polizistin, aber im Innendienst in Stuttgart.
Ich werde meinen letzten freien Tag so richtig genießen. Mit Hilfe meiner neuen Kamera, mit einem starken Teleobjektiv, nutze ich die Möglichkeit die Geisterbahn von einem Imbiss-Stand schräg gegenüber zu fotografieren.
Mir gelingen einige tolle Fotos und Videos, auch von dem

Wagen mit der blonden Puppe.

Ich kann kaum meine Kamera absetzen.

Ich schlafe schlecht und träume von kopflosen Wesen. Trotzdem bin ich ausgeruht und fit nach einer schönen Dusche und einem leckerem Frühstück.

Hochmotiviert öffne ich die Türe zum Polizeigebäude. Obwohl es erst 7 Uhr ist, ist das Gebäude erfüllt von Hektik, Wut und Fassungslosigkeit. Oh mein Gott, das kann ja heiter werden. Hilfe, ich will zurück ins Schwabenland.

Erst nach 3 Minuten hat ein Kollege Zeit für mich.

„Moin, Moin. Was kann ich für Sie tun? Wie kann ich Ihnen helfen?"

„Grüß Gott, Julia Brandt ist mein Name. Ich soll mich bei Herrn Kommissar Michael Brandtner melden. Ich bin die Kollegin aus Stuttgart."

„Ach das Schwaben-Mädel ist da. Moin und herzlich willkommen im schönen Hamburg. Ich bin Jens Wilde. Kannst Jens zu mir sagen, wir duzen uns hier alle."

Dann öffnet er die Klappe zum Bereich hinter der Abschrankung.

Jens ist ein Hüne von einem Mann, garantiert zwei Meter groß und eine Statur wie ein Bodybuilder.

Durch seine strohblonden Haare, sieht er aus wie ein gutmütiger Teddy, der aber mit Vorsicht zu genießen scheint. Ich habe in der selben Farbe einen Teddy, den ich liebevoll Fratz getauft habe. Außer Jens sind an der Front heute noch:

Jan Stoever, ein respektvoller Mann um die 50 und Katrin Van Mere, die in meinem Alter zu sein scheint.

Trotz der Hektik nimmt sich jeder von Ihnen die Zeit mich zu begrüßen und sich vorzustellen.

Ich fühle mich erwartet und willkommen und nicht als Störfaktor. Ich freue mich. Dann muss ich lachen. Jens hat den Telefonhörer in der Hand und meint:

„Michael, unser Schwabenmädel Julia ist da. Kommst du oder soll ich sie zu Dir bringen?"

Er legt auf und meint zu mir; „Julia, Michael kommt gleich und holt dich ab in die Höhle des Todes bzw. der Mordkommission."

„Danke Jens. So schlimm wird es doch nicht sein, oder?"
„Noch viel viel schlimmer, als im friedvollen Schwabenländle. HI HI. Da kommt er schon."
Warum stellen sich mir jetzt die Nackenhaare auf?
Ich drehe mich langsam um, meine Nase erreicht ein markantes Rasierwasser.
Stahlblaue Augen mustern mich, es scheint mir, als würde jedes Haar und auch jede Pore untersucht und durchleuchtet werden. Ein Kommissar, dem nichts, aber auch wirklich nichts entgeht. Er taxiert und durchleuchtet alles und jeden. Seine Aufklärungsquote muss über 100 % liegen.
„Moin Julia, Michael Brandtner ist mein Name. Du willst uns assistieren und uns helfen?"
„Moin, ja Herr Brandtner. Sehr gerne sogar."
„Mädel bei uns duzt man sich auch mit mir. Ich bin Michael."
„Moin Michael."
„So Julia komm mit. Ich habe dir einen Platz bei mir im Büro hergerichtet."
„Ui. Wow. Bei Michael im Büro wow wow" wird der letzte Satz von Michael von den Anderen kommentiert.
„Habt ihr nichts zu tun? Oder eifersüchtig? Meine Julia"
Michael legt dabei seinen Arm um meine Schulter.
Es ist ein sehr angenehmes Gefühl.
Es ist ruhig geworden und so lerne ich nach und nach alle Kollegen kennen. Eine bunt gemischte Truppe von 15 Leuten.
Die Zeit vergeht wie im Flug. Das Essen in der Kantine ist lecker.
Gegen 18 Uhr machen bis auf drei Kollegen alle Feierabend.
Weitere Kollegen haben Rufbereitschaft, also NO ALKOHOL!
Der Dienstplan ist toll gemacht:
Normal Dienst „ langer Dienst „ FREI „ FREI „ normaler Dienst mit Rufbereitschaft „ FREI ....

Michael hat heute Dienst bis zum nächsten Morgen 8 Uhr.
Dann fängt er 2 Tage später wieder um 7:30 Uhr an.
„Michael darf ich bleiben und mithelfen bis Morgen?"
„Danke Julia, damit habe ich nicht gerechnet. Aber ich finde
das große Klasse von dir. Komm mit."
Er stellt das Telefon nach vorne um und wir sitzen alle 4 vorne
an der Front.
Die Telefone stehen Gott sei Dank still. Gegen Mitternacht ruft
eine ältere Dame drei Mal hintereinander an.
Immer mit dem selben Worten.
„Herr Wachtmeister, sie müssen sofort kommen. Da ist jemand
in meiner Wohnung, bestimmt mein Nachbar. Der will mich
ermorden. Hilfe."
Jens antwortet immer
„Ganz ruhig Frau Braun, ich schicke sofort 2 Kollegen zu
Ihnen. Keine Sorge. Es ist gleich jemand bei Ihnen."
Frau Braun antwortet darauf jedes Mal „Hallo, wer spricht
denn da..." und legt auf.
Die Kollegen bleiben ruhig, doch kaum hat Jens aufgelegt,
prusten sie laut los.
Als ich sie etwas entgeistert anschaue, meinen sie nur
„Frau Braun ist 85 Jahr jung und lebt seit 8 Jahren im Alters-
heim. Sie hat ihre Wohnung schon lange verkauft. Sie ist eine
sehr liebe, aber schrullige Dame. Zunehmend leider an Demenz
erkrankt. Sie ruft jede Nacht an. Sorry ist gemein."
„Ach so.." meine ich und lache nun auch mit.
Zwischendurch lassen wir den Erfinder der Kaffeemaschine
hochleben.
Gegen 7 Uhr packen wir so langsam unsere Sachen zusammen.
Unsere Ablösung kommt um 7:30 Uhr, dann werden die Vor-
kommnisse der Nacht protokolliert. Anschließend fahren wir
alle hundemüde nach Hause.
Ich falle ins Bett und bin sofort eingeschlafen. Gegen 14 Uhr
wache ich auf, dusche, esse etwas und bringe meine Wohnung
in Ordnung.

Da die Sonne scheint, mache ich einen langen Spaziergang an der Außenalster. Am Ende lande ich wieder auf dem DOM. Es wird langsam dämmrig und die Fahrgeschäfte haben jetzt eine besondere Ausstrahlung.

Wieder mache ich nahezu von dem selben Standort Bilder von der Geisterbahn. Der Vergleich Tageslicht zur Dämmerung ist faszinierend.

Ich ziehe gegen später die Bilder auf einen Stick und betrachte sie am PC.

Ich will mir gerade meine frisch gebrühte Tasse Tee schnappen und es mir auf meiner Couch gemütlich machen, als mein Telefon klingelt. Es ist kurz vor 20 Uhr.

„Julia Brandt."

„Hi Julia, Jens hier. Wir brauchen dich. Einsatz! Vermisste Person auf dem DOM. Wann kann ich dich abholen?"

„In 5 Minuten Jens."

„Danke du bist klasse Schwabenmädel bis gleich."

Also keinen Tee und kein Relaxen auf der Couch. EINSATZ!

Ich tausche meinen Jogging-Anzug gegen Jeans, Sweatshirt und Schuhe. Ich schnappe mir meine Jacke, die Kamera und stecke den Stick ein. Dann sehe ich auch schon das Blaulicht vor meinem Haus. Fenster zumachen, Wohnungstüre abschließen und dann nichts wie rein ins Polizeiauto.

Jens klärt mich während der Fahrt über die Situation auf: vermisste weibliche Person, 24, wollte noch eine Runde mit der Geisterbahn fahren und ist danach verschwunden.

„Jens in der neuen Geisterbahn?"

„Ja warum?"

„Nicht jeder der hier reinfährt, kommt auch wieder raus.!

„Hä. Was soll das heißen Julia?"

„Tschuldige, habe laut gedacht. Ein Schild mit diesem Text hängt neben der Einfahrt der Geisterbahn."

Wir erreichen den Ort des Geschehens. Dieser ist so gut es geht weiträumig abgesperrt und durch Strahler hell erleuchtet. Dadurch macht die Geisterbahn nun einen nüchternen Eindruck

und die Geisterfiguren einen „toten" Eindruck. Der Reiz und
das Gruselige ist im Moment gestorben.
Warum denke ich „gestorben" und nicht „weg" oder
„verschwunden"?
Die Schausteller der Geisterbahn werden einzeln vernommen.
Die beiden Freundinnen von Beatrix, so heißt die Verschwun-
dene, sitzen zitternd und weinend im Polizeibus. Jetzt weiß ich
auch endlich ihren Namen. BEATRIX
„Wo bist du Beatrix?" frage ich lautlos in die Nacht.
Das Schild ist weg. Ich nehme meine Kamera und schau mir
die Bilder von vor zwei Stunden an. Verdammt da war es auch
schon weg. Aber hier am Freitag war es noch dran. Ich habe es
mehrmals fotografiert. Michael kommt zu mir.
„Hi Julia. Du weißt Bescheid?"
„Ja. Jens hat mich bei der Herfahrt informiert. Michael schau
dir mal diese Bilder an."
Sofort erkennt Michael, dass das Schild fehlt.
„Verdammt. Klasse Julia komm mit."
Wir gehen zu dem Inhaber Karsten White und konfrontieren
ihn mit den Bildern.
„Das Schild kenne ich nicht." meint Herr White lapidar.
„Und was soll das dann mit dem Wagen auf dem Dach?"frage
ich ihn und zeige ihm das Video, Wagen mit Puppe rein und
ohne Puppe wieder raus.
„Glauben Sie etwa einer Journalistin von einem Schmierblatt
mehr wie mir? Die braucht doch nur eine Sensationsstory. Für
welches Klatschblatt schreiben Sie denn? Herr Kommissar
nehmen sie Ihr die Kamera ab:"
Er wird richtig wütend, als Michael nicht sofort das macht und
mich wegschickt.
„Herr White. Diese angebliche Klatschblatt-Journalistin ist
eine Kollegin von uns. Sie entschuldigen sich sofort bei Frau
Brandt."

„Ich denke nicht daran, außerdem glaube ich nicht, dass ihre

Bilder echt sind. Die sind getürkt und vielleicht aus dem Internet. Es gibt viele Leute, die auf meine Geisterbahn neidisch sind."

Ich muss gehen, sonst verliere ich bald die Beherrschung. Gott sei Dank kommt Jens und braucht meine Hilfe. Michael nickt und ich gehe.

„Danke Jens. Der Typ lügt, wenn er nur den Mund aufmacht."

Wir gehen an die Stelle, wo das Schild hing. Da Jens viel größer ist als ich, lasse ich ihn nach den Löchern fühlen. Und tatsächlich, da gibt es vier Stück. Ich zoome sie her und fotografiere sie. Die Farbe ist frisch, besonders in den Löchern. Mit Hilfe von Q-Tips nehmen wir Proben der Farbe aus und neben den Löchern. Diese verpacken wir in Plastiktüten, für die Untersuchung im Labor. Wir stehen gerade wieder unbeteiligt vor der Geisterbahn, als Herr White vorbeikommt.

„Na Langeweile? Nichts zu tun?"

„Wir warten auf weitere Anweisungen Herr White."

Da kommt Michael mit einem Stück Papier in der Hand hergeeilt.

„Herr White hier ist der amtliche Durchsuchungsbeschluss für ihre Privaträume und die Geisterbahn. Karsten, Bernd und Klara in die Privaträume des Herrn und der Rest kommt mit mir in die Geisterbahn. Herr White bitte veranlassen sie, dass ihre Mitarbeiter die volle Beleuchtung in der Geisterbahn einschalten. Björn, du bleibst bitte hier in der Zentrale der Geisterbahn und wartest auf meine Anweisungen. Auf geht's Leute, Augen offen halten. In zweier Gruppen bitte."

Michael nimmt mich zu sich.

„Julia was suchen wir?"

„Michael. Nach Schleifspuren, Kampfspuren, persönlichen Gegenstände von Beatrix, Blutspritzer, Blutspuren, Hinterausgänge, die Attraktionen auf Hohlräume und deren Inhalt."

„Klasse Julia, hier hast du drei Paar Gummihandschuhe, Beweismittelbeutel und wir bleiben immer zusammen."

Das Gruselige ist verschwunden, bei den Puppen sieht man im

40

Scheinwerferlicht, wie schlecht sie teilweise verarbeitet sind. Wir kämpfen uns durch die ganze Geisterbahn und entdecken nichts.

„Beatrix wo bist du? Was ist mit dir passiert? Warum?" frage ich lautlos, das unsichtbare Opfer. Doch ich bekomme keine Antwort, die Puppen starren mich nur mit ihren toten Augen, aus Pappmaschee bestückt mit Lampen, an.

Wir wollen gerade aufgeben und rausgehen, als mir ein Taschentuch auf den Bretterboden fällt. Wie ich es aufhebe, entdecke ich etwas in einer Bodenritze.

„Michael komm mal bitte."

Sofort ist Michael bei mir und kniet neben mir auf dem Boden. Die Ritze ist ziemlich tief, so dass wir den Gegenstand nicht zu fassen bekommen.

„Wir brauchen eine lange Pinzette oder irgendwas damit wird da ran kommen."

Michael greift zu seinem Handy

„Jens bring uns bitte die lange dünne Pinzette aus dem Auto. Wir sind im 2.Stock der Geisterbahn. Danke."

Wir nutzen die Zeit um den Boden auf den Knien weiter zu untersuchen. Ich finde einen Plastikverschluss eines Ohrsteckers. Als Jens da ist, kommen wir an den Gegenstand. Es ist ein Blusenknopf. Ob er von Beatrix Bluse stammt, können wir noch nicht sagen. Wir lassen Beides ins Labor zur Untersuchung bringen.

Durch die ganze Bückerei und dem auf dem Boden knien, bin ich total verspannt. Ich strecke mich zur Decke und umgreife einen Balken.

Mir stockt der Atem, ich greife in etwas Feuchtes mit meinen Fingern.

Ich schreie, wie in jedem Krimi, wenn eine Frau eine Leiche entdeckt.

„IIIIIIiiiiih ... iiiiiiiihhhh..."

Michael ist sofort bei mir.

„Was ist passiert Julia?" meine Augen müssen panisch aussehen, denn er hält mich fest.

„Michael..... ich habe .. Angst. Ich habe mich gerade ge-
streckt.... habe dabei den Balken berührt.. und dabei in etwas
Feuchtes gegriffen... sag... mir .. bitte... dass das kein Blut ist,
an meinen Händen... Bitte....“

Ich stottere, wie ein Mädchen vor ihrem Schwarm und habe
meine Augen zugekniffen. Während Michael nach oben greift,
hält er mich noch immer fest. Ich nehme langsam die Hände
weg vom Balken.

„Julia beruhige dich, es ist nur grüne Farbe. Warum ist hier
oben frische grüne Farbe?“

Er schnappt sich wieder sein Handy.

„Alle zu uns, zweiter Stock bei den Käfigen. Björn lass dir die
Videobänder geben, ab Freitag früh.“

Ich habe mich wieder beruhigt und meine Hände stecken in
Plastikbeuteln, damit eventuelle Partikel gesichert werden. Die
Kollegen bringen eine Leiter mit und steigen rauf und unter-
suchen den Balken.

„Michael die Farbe ist nicht von hier. Mäuse haben sie an sich
gehabt, wahrscheinlich am Bauch, den Füssen und dem
Schwanz. Sie sind hier her gelaufen, haben etwas gewartet und
sind dann weiter.“

„Woher kommen die Mäuse? Wir müssen ihre Spur zurück
verfolgen. Also eine zweite Leiter muss her und suchen.“

Da klingelt Michaels Handy. „Ja Björn?“

„Michael, Herr White macht Druck. Er will die Geisterbahn
wieder in Betrieb nehmen.“

„Sag ihm, heute wird es nichts mehr. Wir haben Spuren gefunden.“

Herr White tobt und ist stinkesauer.

„Sie werden mir für den Schaden aufkommen. Ich hätte noch
knapp zwei Stunden Umsatz machen können. Alle zehn
Minuten ein Wagen mit vier Leuten. Das bedeutet 40 Euro pro
Wagen. Ausrechnen können Sie es alleine.“

Es ist nach Mitternacht, als wir die Spurensuche einstellen.

Wir haben nichts mehr gefunden. Keine Blutspuren. Die
Leichenspürhunde haben auch nicht angeschlagen.
Offen bleiben viele Fragen
*Wo ist das Schild?
*Woher stammt die grüne Farbe?
*Sie ist nicht identisch mit der Farbe in und um den Löchern?
*Wo ist Beatrix?
Herr White steht mit verschränkten Armen und einem breiten
und fiesen Grinsen im Gesicht, bei uns als wir zusammen
packen.
„Und? Nichts gefunden? Wie schade für Sie? So haben sie
wieder unsere Steuergelder rausgeschmissen und mir Einbußen
verursacht. Wer zahlt mir das? Vielleicht wollte die Tussi auch
nicht mehr und ist abgehauen und hat ihr Verschwinden nur
vorgetäuscht. Haben Sie das schon einmal in Betracht
gezogen? Wahrscheinlich nicht. Schönen Abend noch.
Äh, nachher mache ich die Geisterbahn wieder auf.“
Er dreht sich um und geht zu seinen Angestellten.
„Los alle Lichter ausmachen. Alles ordentlich verschließen und
dann ab nach Hause. Übrigens seit die Geisterbahn still stand,
bekommt ihr keinen Lohn. Keine Arbeit, kein Ertrag also kein
Lohn. Ich könnt Euch bei denen da hinten bedanken.“
Er zeigt dabei auf uns. Wir ziehen frustriert ab und halten noch
eine kurze Lagebesprechung auf dem Revier ab.
Was haben wir?
1.Fotos von einem Schild, dass jetzt weg ist.
2.frische grüne Farbe, woher sie stammt ist ungewiss.
3.zugeschmierte Löcher, wo das Schild hing.
4.einen Blusenknopf. Ist er von Beatrix?
5.einen Plastikverschluss eines Ohrsteckers.
Nach dieser kurzen erfolglosen Zusammenfassung, dürfen wir
alle nach Hause gehen, um etwas zu schlafen, denn in sechs
Stunden fängt unser Dienst wieder an.
Ich lege mich ins Bett, doch ich kann nicht einschlafen.
Also schnappe ich mein Tablett und gehe ins Internet. Als

Suchbegriff gebe ich ein „Fotos Hamburger Dom, Datum von Freitag" ein.

Als ich noch „Geisterbahn" eingebe, reduziert sich die Anzahl der Bilder, aber es sind immer noch über 30 Seiten.

Dann, ich will gerade aufgeben, sehe ich ES.

Zwei junge Paare haben es aufgenommen mit dem Kommentar: Ideal für ungeliebte Schwiegermütter.

Ich kontrolliere das Datum und die Aufnahmezeit. Freitag gegen 14 Uhr.

Ich kontaktiere den Einsteller mit der Bitte sich bei mir zu melden. Privat Email und Handynummer.

Voller Glück schlafe ich ein. Mein Tablett läuft noch.

Gegen 6:30 Uhr werde ich durch den Signalton ... sie haben Post.... geweckt.

„Guten Morgen Frau Brandt. Mein Name ist Horst Löwe. Ich habe das Bild gemacht. Was ist passiert? Wie kann ich helfen? Darunter seine Telefonnummer."

Ich speichere die Email ab und ziehe sie auf meinen Stick.

Dann antworte ich:

„Guten Morgen Herr Löwe, Vielen Dank für die Email.

Könnten Sie sich bitte heute um 9 Uhr auf dem Polizeirevier 7 bei Kommissar Brandtner oder bei mir Julia Brandt melden? Wir haben ein paar wichtige Fragen an Sie? Es hat nicht mit Ihnen und ihren Freunden zu tun.

Polizei Hamburg Revier 7 Julia Brandt."

Leider kommt keine Antwort mehr. Ein Fake? Hoffentlich nein.

Bei unserer Sitzung um 8:30 Uhr besprechen wir die weitere Vorgehensweise. Ich sage noch nichts, da ich keine Antwort bekommen habe von Herrn Löwe.

Die Gruppe die Herrn Whites Privaträume untersucht haben, berichtet gerade.

Da meldet eine Kollegin die Ankunft von Herrn Löwe für Michael und mich.

Michael schaut mich an. „Sorry, ich habe noch nichts gesagt, da ich keine Antwort von Herrn Löwe bekommen habe. Ich habe im Internet nach Bildern von der Geisterbahn von Freitag gesucht und bin fündig geworden. Ich schiebe den Stick in den PC und zeige es den Kollegen.

„Wow Julia, darauf bin ich noch nicht mal gekommen. Los lass uns zu Herrn Löwe gehen."meint Michael beeindruckt.

Herr Löwe ist ein Angestellter in einem Elektrogeschäft und müsste eigentlich arbeiten. Aber er hat seinem Chef schon Bescheid gegeben. Nun haben wir vier Zeugen, die das Schild gesehen und auch fotografiert haben.

Während der Befragung mit Herrn Löwe, sagt er plötzlich „Mir ist gerade eingefallen, dass mein Freund Thomas mich gegen 16 Uhr angemailt hat, dass ich lüge, da würde kein Schild hängen. Er hat mir sogar ein Foto von der leeren Stelle über WhatsApp geschickt. Moment. Ja hier ist es."

Ich lasse es mir schicken und wir betrachten es auf dem großen Bildschirm. Michael will es gerade schließen.

„Halt Michael, ich will was probieren."

Ich zoome die Löcher für die Halterungen her.

„Hier schaut her die Haken für das Schild sind noch in den Löchern. BINGO 1: 0 für uns."

Wir drucken das Bild aus, normal und gezoomt. Da entdecken wir auch Spuren einer Leiter und sogar, wo das Schild bis zum Abtransport gestanden hat. Volltreffer.

„Danke Herr Löwe, Sie haben uns sehr geholfen."

Das Schild ist also am Freitag zwischen 14 und 16 Uhr abmontiert worden.

Warum?

Wir lassen uns noch den Namen und die Telefonnummer von Herrn Löwes Freund geben. Jochen Kantner.

„Polizei Hamburg, Revier 7 Julia Brandt, spreche ich mit Jochen Kantner?"

„Ja Frau Brandt. Wie kann ich ihnen helfen? Ich bin doch nicht zu schnell gefahren?"

Ich muss lachen.

„Nein Herr Kantner. Könnten sie bei uns auf dem Revier vorbeischauen und ihre Kamera mitbringen mit der Sie am Freitag Bilder von der Geisterbahn auf dem DOM gemacht haben."

„Ich kann in fünf Minuten bei Ihnen sein Frau Brandt. Wenn das schnell genug ist."

„Super. Dann schalte ich schon mal die Kaffeemaschine ein. Bis gleich."

„Frau Brandt, ich trinke meinen Kaffee mit Milch ohne Zucker, aber mit einem Keks bitte."

Ich habe gerade die Tasse mit Keks bereitgestellt als Herr Kantner angemeldet wird. Er wird zu uns ins Büro gebracht.

„Moin Herr Kantner, mein Name ist Julia Brandt, das ist unser Revierleiter Michael Brandtner. Bitte nehmen sie doch Platz. So ihr Kaffee mit Milch ohne Zucker, aber mit Keks."

Herr Kantner schaut mich an, ich versinke in Augen so strahlend blau wie das Meer in der Karibik. Ich muss mich zusammenreißen.

„Herr Kantner, sie haben am Freitag, einem Bekannten Herrn Löwe, dieses Bild geschickt."

„Ja, er hat mir eines mit einem Schild geschickt. Das Schild hing nicht mehr da. Er erzählt Märchen."

„Nein Herr Kantner, ich habe das Schild auch gesehen und fotografiert. Ist ihnen etwas aufgefallen an der Geisterbahn? Überlegen sie bitte genau, jede Kleinigkeit könnte uns helfen."

Herr Kantner überlegt und trinkt dabei seinen Kaffee und isst den Keks.

„Darf ich mal telefonieren?"

„Ja bitte, sollen wir sie alleine lassen?"

„Nein" er wählt.

„Hi Schatz, du sag mal, bist du mit Karin am Freitag, bevor wir uns trafen an der Geisterbahn vorbeigekommen?"

„Okay Schatz, ich bin gerade bei der Polizei. Ich gebe dir mal Frau Julia Brandt. Sag es ihr bitte ganz genau. Bitte Frau Brandt."

Er reicht mir sein Handy. Da ich das Modell kenne stelle ich es auf laut.

„Julia Brandt, Polizei Hamburg Revier 7."

„Moin Frau Brandt, Jessica Hagen am Apparat. Also bevor ich bzw. Karin und ich uns mit Jochen getroffen haben, sind wir an der Geisterbahn vorbeigekommen. Es stand eine lange Schlange davor, da eine Leiter in der Einfahrt stand und irgendwas abgenommen und oben etwas festgeschraubt wurde. Wir konnten das Schild leider nicht erkennen, da es mit einem Tuch abgedeckt war. Karin meinte nur, wahrscheinlich sind Schmierereien drauf. Oder es ist kaputt und abgedeckt, damit nichts abgeht. Hilft Ihnen das weiter Frau Brandt?"

„Sie wissen nicht zufällig, um welche Urzeit das war?"

„Doch Frau Brandt. Ganz genau sogar. Karin hat auf die Uhr geschaut, ob wir noch Zeit haben, etwas zu trinken und Lose zu kaufen. Es war genau 15:12 Uhr."

„Vielen herzlichen Dank, sie haben uns sehr geholfen. Wie viele Leute waren denn beschäftigt auf der Geisterbahn?"

„Drei Männer. Einer stand auf der Leiter, ein Anderer nahm ihm das Schild ab und überreichte es einem Typen mit Pferde-schwanz und Westernhut, so um die 60. Der stellte das Schild kurz ab, telefonierte und nahm das Schild dann mit nach hinten. Wohin weiß ich nicht, wir sind ja noch etwas trinken gegangen."

„Vielen Dank Frau Hagen. Könnten sie noch im Revier 7 vor-beikommen und ihre Aussage unterschreiben?"

„Geht es auch erst heute Nachmittag?"

„Ja selbstverständlich und vielen Dank für ihre Hilfe."

Ich lehne mich zufrieden zurück. Herr Kantner hat noch das Protokoll unterschrieben und ist gegangen.

Nun sind wir wieder unter uns. Aber immer noch bleibt die Frage offen: WO IST BEATRIX?

Ich werde nachdenklich.

Was steht hinter der Geisterbahn?

Wie sieht die Geisterbahn von hinten aus?

Michael legt seine Hand auf meine Schulter.

„Julia. Was denkst du? Lass mich an deinen Gedanken teilhaben. Sprich mit uns."

„Sorry Michael. Ich habe mich gerade gefragt: Was steht hinter der Geisterbahn? Wie sieht die Geisterbahn von hinten aus? Haben wir das schon genau überprüft Michael?"

„Auf der Rückseite ist eine Wand und eine kleine Türe. Aber dahinter?? .. Verdammt keine Ahnung.. Verdammt er hat uns immer abgelenkt, wir sind nie nach hinten gekommen. Immer war ER da. Komm lass uns nochmals zum DOM gehen. Aber dieses Mal kommen wir von hinten. Jens, Dieter, auf, wir gehen auf den DOM. Zivil, aber mit Handschuhen, Beutel, Ausweis, Waffe und Handschellen."

Eine Ermittlungsarbeit mit Vergnügungscharakter. Wir stellen den Polizeibus etwas entfernt ab. Zwei Handys von uns sind auf Dauerverbindung mit dem Revier gestellt. So können die Kollegen dort alles aufnehmen und notfalls schnell und ohne großes Aufsehen Hilfe und Verstärkung schicken.

Hinter der Geisterbahn ist ein kniehohes Gebüsch und dann Parkplätze, dahinter eine Freifläche, mit hohen Büschen, Bäumen und Wiese. Hier parken Besucher, Schausteller und Anlieferer etc.

Mit Hilfe eines langen Astes durchkämen wir die niedrigen Büsche. Nichts.

Bevor wir weitergehen, überquere ich noch den Parkplatz um etwas in den Mülleimer zu schmeißen.

Da ich nicht getroffen habe, bücke ich mich, um meinen Abfall aufzuheben.

Da sehe ich ein auf der Vorderseite liegendes Foto, mit dem Vermerk auf der Rückseite „Urlaub 2013"

Neugierig, ich bin ja schließlich neben meinem Beruf als Polizistin eine Frau, drehe ich es um.

„Julia kommst du endlich? Was ist los?" ruft Michael mich etwas genervt.

„Kommt ihr bitte mal zu mir."

Ich habe das Foto schon in einen Beweismittel-Beutel gesteckt und betrachte es genau.

„Ist das nicht Beatrix?"

Wir schauen uns an und dann handeln wir sofort. Jens und Dieter versperren die Einfahrt auf den Parkplatz. Michael fordert Verstärkung an. Als ich mir ein weiteres Taschentuch aus meiner Tasche holen will, entdecke ich eine Rolle Polizei-Absperrband.

„Michael, das Schwabenmädel hat vorgesorgt. HI HI" sage ich und präsentiere das Absperrband."

Wir sperren das Gebiet rund um den Abfallkorb großräumig ab.

Die Verstärkung ist schnell hier und das Blaulicht bleibt nicht unbemerkt von Schaulustigen und natürlich Herrn White. Der sofort wieder einen dummen Kommentar dazu abgibt.

„Hallo Herr White. Dieses Mal behindern wir Sie nicht. Also lassen Sie uns ungestört unsere Arbeit hier machen. Einen schönen Nachmittag noch."

Dieses Mal werden wir schnell fündig. Das Foto, eine Busfahrkarte, ein Kärtchen von einem Arzttermin in 3 Tagen und zu guter letzt, in der Nähe eines Weges, Beatrix Scheckkarte. Es sieht alles aus wie eine Spur. Wie ein Hinweis, wie es weitergeht. Wohin sie getragen, verschleppt worden ist. Beatrix wurde geschnappt, ihr wurde eventuell der Mund verbunden... aber wie schaffte sie es die Spur unbemerkt zu legen? Wo hatte Beatrix diese Sachen?

Hatte sie eine Handtasche dabei?

Oder alles in ihrer Jackentasche?

„Michael, ich habe eine Idee wie Beatrix hier hin gebracht worden ist und wie sie alles hat fallenlassen können? Jens kannst du auch mal kommen. Binde mir mal die Hände auf den Rücken zusammen mit meinem Schal. So meine Jacke ist offen. So jetzt schnapp du mich unter die Arme und du an den Beinen und tragt mich ein Stück. Dabei schaut ihr Euch um, ob euch niemand sieht."

„So. danke die Herren, schaut ich habe Gegenstände auf den Boden fallen lassen, ohne, dass ihr es bemerkt habt."

Ja so war es. Beatrix wurde geknebelt und gefesselt und dann so zu einem Auto getragen, dass dort stand. Leider gibt es auf Schotter keinerlei verwertbare Spuren.

Aber warum hat sie niemand dabei gesehen?

Wir schauen uns alle ratlos an.

„Julia, wie groß ist Beatrix?"

„Moment" ich schnappe mir das Foto. „Also ich würde sagen so ca. 1,70 oder kleiner warum?"

Michael ruft im Revier an und kurze Zeit später wissen wir es genau.. 1,68 m...

„Also ist sie in der Geisterbahn gefesselt und geknebelt worden. Dann haben sie eine Decke oder Plane über sie gelegt und dann ab mit ihr zum Auto. Sie haben sich umgeschaut und wen jemand gekommen wäre, hätten sie gestöhnt: Warum müssen die Gespenster soooo schwer sein. Perfekt. Bis auf die Spur durch die Sachen aus Beatrix Jackentasche.

Wir schauen uns alle an. Wir stehen an der Stelle, wo am Samstag das Auto stand.

Wie sollen wir nun weiterkommen?

Wir könnten Herrn White sagen, wir haben Zeugen und versuchen ihn damit aus der Reserve zu locken?

Oder wir können auf ein Wunder warten?

Das Wunder hat vier Pfoten und ist ein junger Mischlingshund. Neugierig schnuppert er an unseren Schuhen und Hosenbeinen.

Sein Frauchen ist ein junges Mädchen so um die 16.

„Lenox bei Fuß. Entschuldigung, er ist so neugierig. Ist was passiert?"

„Moin Julia Brandt Polizei Hamburg Revier 7. Wie heißt du denn?"

„Moin mein Name ist Simone Schanz und das ist mein Hund Lenox."

„Ich darf doch du sagen? Ich bin Julia. Wie alt bist du denn?"

„Ich bin 17. Kann ich helfen?"

„Simone gehst du immer mit Lenox hier Gassi?"

„Ja meistens. Hier gibt es Rasen und Büsche und kaum Leute. Warum?"

„Sag mal, bist du am Samstag auch hier Gassi gegangen und wenn ja, um welche Uhrzeiten?"

„Samstag? Ja. Da bin ich oft Gassi gegangen. Lenox hatte Durchfall und musste häufig raus. Warum, hat mich der Mann angezeigt und sich über uns beschwert, dass Lenox ihm hier an sein Auto gepinkelt hat? Er hat sehr geschimpft und hat gedroht, dass er uns anzeigt."

Wir schauen Sie verdutzt an.

„Simone, wann war das mit dem Mann?"

Simone zieht ihr Handy raus und sucht etwas dann antwortet sie „Es war so gegen 19:07 Uhr."

„Woher weißt du das so genau? Was hast du auf deinem Handy gesucht?"

„Hier. Ich habe ein Foto gemacht von dem Auto mit dem Kennzeichen. Wie es weggefahren ist. Ich wollte somit beweisen, dass nichts passiert ist."

Simone zeigt mir ein Foto von einem weißen Sprinter mit Hamburger Kennzeichen. Michael lässt es sich auf sein Handy schicken.

„Simone, vielen vielen Dank. Du hast uns sehr geholfen. Gibst du mir bitte noch deine Anschrift."

„Ja natürlich."

Michael notiert sich alles und wir beraten, was wir nun machen sollen. Der Wagen ist zugelassen auf .... Karsten White.

Wir lassen den Wagen suchen, doch ohne Erfolg.

Michael geht zu Herrn White um ihn zu fragen, ob er einen weißen Sprinter besitzt und wo dieser gerade steht.

Die Antwort kommt schnell, viel zu schnell.

„Oh verdammt. Der wurde mir letzte Woche, so Mittwoch oder Donnerstag gestohlen. Ich hatte noch keine Zeit ihn als gestohlen zu melden. Herr Kommissar. Nehmen Sie die Verlust-

meldung auch auf? Oder an wen muss ich mich wenden?"
Er lügt, dass er nicht noch weint bei der Aussage ist alles.
Michael verweist ihn aufs Revier 5.
„Herr Brandtner, sehen sie dass nicht als Bestechung an. Aber
wollen Sie und ihre Kollegen, die Geisterbahn nicht mal live
erleben? Wie viele sind sie denn? Ich würde Ihnen gerne Frei-
karten schenken. Weil ich unschuldig bin."
„Naja, so ganz unschuldig sind sie nicht Herr White. Das
Schild hing doch bei Ihnen. Schauen sie sich mal diese Bilder
an."
Er konfrontiert ihn mit den Bildern von der Abnahme. Herr
White wird blass. Gott sei dank kommt eine Angestellte von
ihm und braucht seine Hilfe.
„Sie entschuldigen mich, die Arbeit ruft. Das Angebot mit den
Freikarten gilt noch."
Wir haben Herrn White nervös gemacht und hoffen, dass er
nun einen Fehler begeht. Es wird ab sofort immer ein Kollege
in der Nähe der Geisterbahn stehen, in Zivil.
Der Dom geht noch eine Woche, hoffentlich finden wir Beatrix
bis dahin und es passiert nichts mehr.
Heute bin ich dran, mit Wache schieben.
Gott sei Dank regnet so stark, dass ich mit tief ins Gesicht
gezogene Mütze und Jacke kaum auffallen werde.
Außerdem trage ich eine Brille mit Kamera und Fensterglas.
Ich werde gerade von Jens abgelöst. Als wir auf geregte
Stimmen hören.
„Wo ist Kim?"
„War sie nicht bei Euch im Wagen?"
„Nein sie wollte mit Cora alleine in einem Wagen fahren."
„Cora?"
„Ja, ich bin hier. Was ist los?"
„Wo ist Kim?"
„Weiß ich nicht ich war auf der Toilette. Ich bin nicht mitge-
fahren."
„Kim wo bist du?"

„Kim melde dich?"

„Mist ihr Handy klingelt zwar, doch sie geht nicht ran."
Verdammt wieder ist eine Frau vermisst. Ich zücke mein
Handy und fordere zivile Verstärkung an.

Wir gehen auf die Gruppe zu, die Mädchen sind ca. 20.
Ich lasse mein Handy an, damit die Kollegen alles mitbekommen.

Beatrix war 24, denke ich, Oh verdammt, warum denke ich in
der Vergangenheit?

„Moin, können wir Euch helfen? Was ist passiert?"
Die Mädchen schauen uns an. Da wir jetzt an der Imbissbude
gegenüber stehen, zücken wir versteckt unsere Dienstausweise
und bitten die Mädchen uns alles ruhig zu erzählen.

Jens holt uns allen erst einmal etwas zu trinken. Langsam
werden sie etwas ruhiger.

Cora fängt an. „Wir sind zu sechst und sind für sieben Tage
hier in Hamburg. Wir wohnen im IBIS Hotel neben der
Reeperbahn. Kim ist unser Kücken, sie ist gerade 18 geworden
und sie ist eine Asiatin. Jenny hast du nicht ein Bild von heute
morgen, von Kim und mir? Wir wollten immer zu dritt Geisterbahn fahren. Doch Kim wollte alleine mit mir fahren. Ich
musste kurz dringend auf Toilette und Kim sagte dann fahre
ich alleine. Es wird mich schon niemand schnappen."

Cora muss schluchzen, dicke Tränen laufen über ihr schönes
Gesicht. Ihr Make-up verschmiert und sie sieht fast aus wie ein
Gespenst. Ich reiche ihr ein Taschentuch.

„Was hat Kim den genau an."

„schwarze Jeans, Turnschuhe mit Strass, einen schwarzen
Spitzenbody und eine weiße Longbluse darüber. Ich bin ihre
Zimmergenossin und deshalb weiß ich es so genau."

„Cora hat Kim eine Handtasche dabei?"

„... das... äh .... Jenny .." dann versagen ihre Beine. Jens fängt
sie auf und geht etwas abseits mit ihr, wo Ruhe ist. Ich rufe
einen Krankenwagen.

Ich wende mich nun an die Anderen.

„Wollen wir auch weiter abseits gehen?"
Ich sehe wie meine Kollegen da sind und das Gebiet hinter der
Geisterbahn beobachten.
Nun schnappe ich mir die Mädels und gehe auch mit Ihnen aus
der Sichtweite der Geisterbahn.
Cora ist schon im Krankenwagen und wird versorgt. Es ist zu
viel für sie gewesen.
Jenny meint: „Keiner von uns hat eine Handtasche dabei. Auch
Kim nicht. Kim hat ihr Handy in der Hosentasche, sowie
Ausweis, Hotelkarte und Geld. Was kann mit ihr passiert sein.?
Sind sie zufällig in Zivil hier?"
„Wie kommst du darauf Jenny?"
„So halt, wenn Polizei in Zivil unterwegs ist, ist meistens was
passiert oder es gibt eine Drohung. Und liege ich richtig?"
Jenny ist ein großes dunkelhaariges Mädchen, eher eine junge
Frau. Sie ist sportlich gekleidet, hat kurze dunkle Locken und
trägt eine freche Brille. So etwas wie die „Mutti" der Truppe.
Nein, SIE passt nicht ins Beuteschema der Entführer.
Wir bringen nach gründlicher Befragung die Truppe erst
einmal ins Hotel. Ich lasse mir von Jenny ihre Handynummer
geben, sowie die von Kim.
Eine Kollegin postieren wir im Hotel falls noch etwas ist.
Kims Handy lasse ich orten. Es ist noch in der Geisterbahn.
Entweder ist es ihr rausgefallen und liegt in einer Ritze oder
Kim befindet sich noch im Gebäude. Von Michaels Truppe,
hinter der Geisterbahn gibt es noch keinerlei Hinweise.
Ich will Geisterbahn fahren und dort will ich Kim auf ihrem
Handy anrufen, obwohl es in der Geisterbahn verboten ist.
Arm in Arm gehe ich mit Jens zur Geisterbahn. Ich habe ein
Lebkuchenherz mit „SCHATZI" um und einen Teddy im Arm.
„Nein ich habe keine Angst Schatz." sage ich zu ihm.
„Das brauchst du auch nicht, ich bin ja bei dir."
„Deshalb ja hi hi ... Ich will nicht."
„Komm mit Spielverderberin."
„Moin moin. Zweimal bitte plus Teddy."

„Macht Zwanzig Euro. Aber bitte nicht mit dem Teddy nach den Geistern schlagen." sagt eine füllige Dame an der Kasse. Wir setzen uns, nachdem wir in die Geisterbahn eingefahren sind, unsere Nachtsichtbrillen auf. Wahnsinn, was wir damit alles erkennen.

Ich wähle Kims Handynummer, doch ich höre nicht, aber der Anruf geht durch. Wahrscheinlich hat sie auf lautlos gestellt und es vibriert nur.

Jens schaut nach links und ich nach rechts. Da erkenne ich noch etwas entfernt jemanden auf dem Boden liegen. Sofort boxe ich Jens an. Auch er entdeckt jetzt eine Person. Der Wagen fährt ziemlich langsam, ich zwänge mich aus der Verriegelung und gehe zu der Person.

Hurra es ist Kim, geknebelt und gefesselt, aber am Leben. Ich binde sie los und presse sie an mich. Durch die Nachtsichtbrille erkenne ich etwas entfernt eine Türe. Dicht an dicht machen wir uns auf den Weg dorthin.

Inzwischen ist Jens draußen und gibt sofort Großalarm. Die Geisterbahn läuft weit. Da sehe ich wie zwei Gestalten mit einer kleinen Lampe auf dem Weg zu Kims „Ablageplatz" sind. Wir ducken uns hinter einer großen Kiste. Noch zwei Meter bis zur rettenden Tür.

Warum ist das Licht noch nicht an?

Geht das nur auf Anweisung von Herrn White?

Ist es ratsam nun durch den Ausgang zu gehen?

Kim zittert, doch sie ist ganz still. Ich entscheide, dass wir gehen.

Die beiden Typen werden es nicht machen, denn sie rechnen damit, dass die Polizei schon da ist.

Da vibriert mein Handy für eine Nachricht.

#Wo bist du Julia? Geisterbahn ist umstellt.#

#Ausgang, 2.Stock nach hinten raus brauche Arzt und Schutz.#

#Alles bereit Michael#

Durch das trübe Wetter fällt durch das Öffnen der Türe nicht allzu viel Licht ins Innere der Geisterbahn.

Ein beruhigender Anblick bietet sich uns. Polizei und Rettungswagen.

Mit Hilfe einer Art Hühnerleiter erreichen wir nach gefühlten endlosen Stunden den rettenden Boden unter den Füßen.

Ich übergebe Kim dem Rettungsteam und setze mich in den Polizeiwagen.

Mir schlottern die Knie und ich brauche endlich einen großen Becher Kaffee.

Dann hole ich mein Handy raus und informiere Jenny. Die Mädels sind total begeistert und wollen gleich herkommen.

„Jenny bitte bleibt im Hotel, aber packt Eure Sachen. Wir quartieren Euch um. Es ist für Euch zu unsicher jetzt. Aber keine Panik wartet dort auf mich."

„Danke Frau Brandt. Ja das machen wir. DANKE DANKE"

Ich höre noch, wie sie es den Mädels erzählt und sie sich alle freuen.

Die Vernehmung von Kim ist sehr aufschlussreich.

„Mein Wagen wurde gestoppt. Zwei Männer im Blaumann, leuchteten mir ins Gesicht und meinten, dass mein Wagen defekt sei und sie mit mir auf den nächsten Wagen hier warten wollen. Dann ging alles so schnell, dass ich mich nicht wehren konnte. Ich wurde gefesselt und geknebelt."

Die Männer kann sie nicht genau beschreiben, da es dunkel war uns sie ihr die Taschenlampe genau ins Gesicht leuchteten.

Ich nehme den Polizeibus und fahre mit Kim zum Hotel.

Vorher habe ich noch Jens informiert, das wir jetzt kommen.

Ich bringe die Mädels ans andere Ende von Hamburg in einem Hotel unter. Ihnen ist die Lust am Dom sowieso vergangen.

Doch das in der Nähe liegende große Shopping Center begeistert sie.

Das Hotel wird von uns beauftragt eine Auge auf die Mädels zu haben und ihnen einen Gutschein für ein Abendessen aufs Zimmer zu legen.

So hat die Entführung von Kim, doch noch ein glückliches

Ende gefunden.

Doch eines ist uns allen sehr schleierhaft. Herr White hat für die Tatzeit ein wasserdichtes Alibi.

Und die zwei Männer bleiben unauffindbar.

Wo ist Beatrix?

Waren es die selben Täter oder nur Trittbrettfahrer?

Noch drei Tage, dann ist der Dom in Hamburg vorbei. Michael schaut gerade nach, wo die Geisterbahn nun aufgebaut wird.

Es ist .... er murmelt den Ort leise vor sich hin.

„Julia soll ich?"

Ich weiß sofort, was er meint. Die Kollegen dort zu warnen und zu informieren.

„Ja Michael. Ich halte das für das Beste. Es muss nichts passieren aber #Holzauge sei wachsam# ist immer besser."

„Michael," frage ich dann, „haben wir eigentlich schon mal nachgeforscht, wo die Geisterbahn vor Hamburg im Betrieb war ?"

„Verdammt .... NEIN...."

Ich finde es schnell raus. MÜNCHEN

„Ich checke das mal."

„Moin Polizei Hamburg Revier 7. Julia Brandt. Könnten sie mich bitte mit dem Leiter verbinden. Danke."

„Kleinen Moment, ich verbinde mit Kommissar Blochner. Frau Brandt."

„Danke"

„Blochner."

„Moin Herr Kommissar Blochner. Julia Brandt Polizei Hamburg Revier 7."

„Moin nach Hamburg. Wie kann ich ihnen helfen Frau Kollegin?"

„Sie hatten doch in München auch einen großen Rummel. War dort auch eine Top neue Geisterbahn dabei."

„Ja.... was ist passiert."

„Wie soll ich ihre Antwort verstehen Herr Blochner?"

„Okay. Eine Kollegin ist damit gefahren und ihr wollten sie

weismachen, dass ihr Wagen defekt ist und sie soll aussteigen. Sie hat sich geweigert und der Wagen ist dann weitergefahren. Sonst nichts. Und bei Ihnen?"

„Herr Blochner. Ich bzw. wir bräuchten eine detaillierte Schilderung des Vorfalles ihrer Kollegin. Wir haben eine Entführung und eine gerade verhinderte Entführung.

Das erste Opfer ist noch nicht wieder aufgetaucht und das zweite konnten wir gerade noch geknebelt und gefesselt retten."

„oh mein Gott. Ich sage der Kollegin gleich Bescheid, sie bekommen den Bericht sofort zugefaxt."

„Herr Blochner darf ich fragen, wie alt die Kollegin ist und wie sie aussieht?"

„Logisch. Kathrin, ist 23, hat lange blonde Haare und ist sehr hübsch und ihre beiden Opfer?"

„Beatrix ist 24, hübsch und hat lange blonde Haare und Kim, das gerettete Opfer, ist 18, Asiatin und auch sehr hübsch."

„Frau Kollegin ich vermute eine Schleuserbande, das ist bevorzugte Ware an Frauen in den Afrikanischen Ländern. Wie lange ist der Dom noch bei Ihnen?"

„Bis Morgen noch Herr Blochner dann geht die Geisterbahn weiter Richtung Frankfurt. Die Kollegen dort sind von unserem Revierleiter informiert worden. Wir werden ihre Informationen auch weiter geben. Vielen Dank für die Mithilfe. Einen schönen Tag noch."

„Ebenfalls Frau Brandt. Ist doch selbstverständlich."

Die Arbeit ist jetzt ruhiger geworden. Es laufen zwar immer noch alle Informationen zur Geisterbahn Sache bei uns zusammen, doch die große Hektik ist weg.

Es sind nun Schlägereien, Einbrüche, Bandenkriege und Streit unter Prostituierten auf der Tagesordnung.

Meine Arbeit ist weiterhin sehr interessant und ich lerne viel.

Übermorgen ist der 1.Jahrestag von Beatrix Verschwinden.

Immer noch keine Spur oder Leiche.

Die Eltern und Freunde geben die Hoffnung nicht auf.

Sie nehmen den Jahrestag zum Anlass noch einmal mit Plakaten und im Internet nach Beatrix zu suchen.

Auch wir sind alle etwas bedrückt.

Michael holt sich die Akte noch einmal raus und liest sie durch. Ich will ihm gerade helfen, als mein Handy klingelt.

„Julia Brandt."

„He Julia. Hier ist Thorsten dein Cousin, wie geht es Dir? Bist du noch in Hamburg?"

„Hi Thorsten. Moin moin aus Hamburg. Wo bist du gerade?"

„Ich bin gerade mit meiner Freundin in Dresden. Sag mal ihr habt die Beatrix noch nicht gefunden, wie ich aus dem Internet erfahren habe."

„Nein warum fragst du Thorsten?"

„Ich habe gerade eine Kellnerin in einer Szenen Kneipe gesehen, irgendwie hat sie mich an die Beatrix erinnert. Ich verfolge doch alles."

Thorsten verfolgt die Spuren von vermissten Kinder und Frauen.

„Thorsten kannst du mir die Frau genau beschreiben? Hast du ein Foto von ihr? Wenn ja schick es mir bitte."

„Klar habe ich ein Bild gemacht. Es kommt. Die Frau ist ca. 25, lange Haare, hübsche Figur und trägt ein Minikleid. Sieht irgendwie traurig bzw. apathisch aus.

„Thorsten versuch dich bitte mit ihr außerhalb alleine zu treffen und ruf mich dabei bitte an."

Ich schicke das Bild auf den Monitor und rufe Michael und Jens dazu.

„Sagt mal ist oder kann das Beatrix sein."

„Julia ich probiere es. Es ist ziemlich voll hier, da müsste es unbemerkt möglich sein. Ich melde mich."

„Danke du Held."

Michael sucht in der Akte nach einem Bild und lässt es auch auf dem Monitor erscheinen. Wir überlappen die Gesichter. Sie sind verdammt gleich.

Da piepst mein Handy #Julia treffe mich mit Bea heute um 21

Uhr. Vor dem Theater. GRINS dein Held.#

Es ist 20:50 Uhr wir sitzen alle angespannt an meinem Tisch und starren auf mein Handy. Wir haben es auf Lautsprecher gestellt und jedes Gespräch wird mitgeschnitten.
Dann endlich, trotz des erwartenden Klingeln zucken wir alle zusammen.
„Hi Thorsten alles klar?"
„Nein. Bea ist nicht erschienen und in der Kneipe ist sie auch nicht. Sorry ich habe alles probiert. Ich werde morgen wieder in die Kneipe gehen. Hilfe ich werde noch zum Alkoholiker. Tut mir leid Julia."
„Danke. Du kannst nichts dafür. Du hast alles probiert. Pass auf dich auf. DANKE."
Ich lege auf und wir schauen uns enttäuscht an.
Was war passiert?
Ist Bea auf- oder festgehalten worden?
Hat sie Angst gekommen?
Ich würde jetzt gerne in Dresden sein. Würde in die Kneipe gehen und vortäuschen eine alte Schulkameradin von Bea auf der Durchreise zu sein.
Aber wir sind hier in Hamburg . Ich telefoniere mit Beatrix Freundinnen und frage sie, ob sie was erfahren haben bei Ihrer Aktion:
1 Jahre ohne Beatrix!
Wo bist du?
Wir vermissen dich!
Bitte melde dich!
Sie meinen nur wage Hinweise eine ähnliche Frau gesehen zu haben. Aber niemand in Dresden. Ich bedanke mich und wünsche noch viel Erfolg.
Ich bekomme von Ihnen einen Code und den Namen Antonia um alle Informationen lesen zu können. So kann ich mich ein-loggen und sehe alles Hinweise, Informationen und Kommentare. Ich bedanke mich herzlich.

Gleich logge ich mich ein und wir lesen uns die Hinweise durch Sie sind alle sehr vage.

Ein Hinweis macht uns neugierig.

„Hallo .... ich liebe eine besondere Art von Damen .. ich glaube ich hatte dabei mehrmals ein Date mit einer Trixi.. das ganze ist ca. vier Monate her und war in Frankfurt am Main. Viel Erfolg bei Eurer Suche... Marc."

Ich antworte: „Hi Marc, weißt du noch in welchem Haus du dich mit Trixi getroffen hast? Danke für deine Antwort . Antonia."

Ich rechne nicht mit einer Antwort.

„Hi Antonia .. ja... es war das Haus der Lüste.. zwei Straßen hinter dem Containerbahnhof .. aber ich weiß nicht ob es noch existiert Marc."

Wir recherchieren im Internet. Es hat wegen Renovierungs-arbeiten im Moment geschlossen. Neueröffnung ist in drei Wochen. Neue Mottoräume, neue Frauen, aber ich bleibe Sir XXL.

Wir schauen uns die Archivbilder an und entdecken eine Frau, die unserer Beatrix ähnlich sieht.

Ich speicher das Bild und versuche die entsprechende Person näher ranzuzoomen. Sie sieht Beatrix verdammt ähnlich."

Wir machen Feierabend, doch niemand kann richtig abschalten. So passiert es, dass ich Abends noch drei Mal lange mit Jens bzw. Michael telefoniere.

Es ist kurz vor Mitternacht als mein Handy klingelt.

Die Nummer kenne ich nicht.

„Ja. Wie kann ich ihnen helfen?"

„Frau Brandt?" fragt mich leise eine junge Frauenstimme.

„Ja am Apparat. Mit wem spreche ich?"

„Ich kann helfen Ihnen vielleicht. weiß nicht... Will Name nicht sagen. Ja ..."

„Kein Problem. Wir können Sie mir helfen?"

„Ich ... sehen Frau .. weggebracht. will nicht."

„Sie haben gesehen wie eine Frau gegen ihren Willen weg-

gebracht wurde. Wo war das?"
„War hier .. Hamburg.. von zwei große Männer."
„Wo in Hamburg? Wann und wie spät war es?"
„Hafen .. Constantin ... heute ... nicht spät."
„Um welche Uhrzeit.. vor einer Stunde vor zwei Stunden..
wurde sie mit dem Auto weggebracht?"
Obwohl ich sehr aufgeregt und erschrocken war, habe ich seit
Anfang an auf Aufnahme gedrückt.
Ich spreche langsam und deutlich, da meine
Gesprächspartnerin kaum deutsch sprechen konnte.
„Nun ... Schiff. Ich in Büros putzen... immer ab 22 Uhr .. gut
putzen und sauber... vor der Arbeit."
Dann ist es still.
„Hallo danke vielen Dank."
Ich höre wie ein Mann dazu kommt und sie wütend und ärger-
lich mit ihr laut spricht.
Dann nimmt er ihr unter Prostest das Handy ab.
„Hallo wer ist dort?"
Jetzt muss ich richtig reagieren, ich will und werde die junge
Frau nicht in Schwierigkeit bringen.
„Hier Lana. Haben sie auch Putzen für mich? Bin ordentlich
und schnell. Habe Nummer erfahren für Putzen."
„Nein ich habe keine Arbeit. Wollte nur meine Schwester ab-
holen. Will nicht dass sie telefoniert."
„in Ordnung ... danke ... nicht schlimm brauche Geld will
putzen... „
Ich lege auf, mir zittern die Knie. Er hat mir mein Schauspiel
abgenommen. Ich hoffe es zumindestens.
Ich wähle Michaels Nummer. Es läutet lange, ich will gerade
auflegen, als er sich verschlafen meldet.
„Brandtner."
„Hi Michael. Sorry ich habe gerade einen Anruf bekommen.
Von einer jungen osteuropäischen Frau. Sie hat beobachtet wie
gegen 22 Uhr eine Frau auf ein Schiff verschleppt worden ist.
Ich habe das Gespräch aufgenommen."

„Okay Julia. Wir treffen uns sofort auf dem Revier. Ruf bitte Jens an.

Ich muss mich noch anziehen." seine Stimme klingt wach.

Ich rufe Jens an.

„Hier ist der Butler von Jens. Mein Herr ist beschäftigt und möchte nicht gestört werden. Sprechen sie nach dem HELLO AGAIN Danke.... HELLO AGAIN."

„Moin Jens. Julia hier. Anordnung von Michael, sofort ins Revier zu kommen. Ich habe gerade einen interessanten Anruf bekommen. Bis gleich."

Ich laufe gerade zu meinem Auto als Jens anruft.

„Hi Sir Jens."

„Moin du gönnst mir auch keinen Schlaf. Bis gleich."

„Bis gleich. Bring deinen Butler mit, der kann uns Kaffe kochen."

Wir hören uns das Gespräch zweimal an.

Da greift Jens zum Hörer.

„Moin." meldet sich am anderen Ende ein Mann.

„Moin Karl. Du heute im Dienst und nicht in Hollywood?"

„Mensch Jens. Ich habe gewusst, dass du anrufst deshalb bin ich fleißig. Wie kann ich dir helfen? Du brauchst doch garantiert meine Hilfe."

„Ja.. wann ist ein Schiff mit dem Namen Konstantin, heute ausgelaufen und wer ist der Eigentümer mein Lieber."

„Moment, ich schaue mal nach. Konstantin mit c oder k? Warte, heute morgen oder wann?"

„Also ob mit c oder k .. keine Ahnung .. Gestern Abend so gegen 22 Uhr."

„Ach der Kahn . Constantinus. Kleiner Kahn. Moment 22.17 Uhr in Richtung Griechenland mit Zwischenstopp in einem Hafen an der Ostsee. Musste was dort abholen und jemanden besuchen und schlafen. Angemeldet hier auf einen Georgios Pangionis. Komischer kleiner Gartenzwerg mit zickiger Tochter."

„Karl. Zickiger Tochter. Wie meinst du das, sie wollte nicht

63

aufs Schiff. So gegen 22 Uhr."

„Ja so in dem Zeitraum. Wurde von ihren Cousins an Bord gebracht. Sie soll heiraten und will ihren ausgesuchten Bräutigam nicht. Hatte mir Georgios erzählt. Er sei ein anständiger Bauer und habe einen großen Grund."

„Karl. Wie sah denn die Zicke aus? Du hast doch ein gutes Auge für Frauen?"

„Jens sie wäre nichts für dich, sie hatte längere blonde Haare. Zwar sehr hübsch, aber blond. Sorry."

„Was hat sie für einen Eindruck gemacht? Traurig, wütend, apathisch oder schläfrig?"

„Also sie konnte nicht alleine laufen und die Augen waren weit offen. Wenn du mich so fragst, sie blickten ins Leere. Komisch. Aber mein neues Fernglas ist spitze."

„Sag mal, du hast nicht zufällig Videoüberwachung Karl?"

„Doch. Habe den Zeitraum schon abgespeichert und dir gerade per Email geschickt. Bin ich toll oder bin ich toll."

„Karl. Du bist spitze. Danke Dir. Hast was gut bei uns. Bis dann."

Wieder ein kleiner Hoffnungsschimmer. Mir fällt ein Lied aus Star Light Express ein. Da ist ein Licht am Ende des Tunnels. Endlich piepst es bei Jens am PC.

Angespannt öffnen wir die Videodaten. Sie zeigen zwei Männer die eine blonde Frau aufs Boot bringen. Ich wurde eher sagen schleifen. Die Frau kann kaum selber laufen. Sie steht höchst wahrscheinlich unter Alkoholeinfluss.

Da schreit Michael „Stopp Anhalten und Bild zoomen. Hat der eine nicht eine Waffe in seiner rechten Hand?"

Jens hält an und zoomt so gut es geht. BINGO. Er führt die Frau hier mit Waffengewalt an Bord. Tatbestand: Entführung.

Wir telefonieren mit der Küstenwache von der Ostsee. Sie versuchen das Boot zu finden und werden es gründlich untersuchen.

Wir mailen die Fotos und das Video zu. Sie werden sich

melden.

Inzwischen ist es 7:30 Uhr und die nächste Schicht kommt und schaut uns verwundert an. Wir sind eigentlich erst ab 18 Uhr dran.

Wir besorgen uns erst einmal ein leckeres Frühstück und setzen uns bewaffnet mit Laptop und Telefon in den Aufenthaltsraum. Dann geht es los.

„Küstenwache Ortminsch. Schiff Constantinus entdeckt. Angehalten. Durchsuchung erfolgt jetzt. Suche nach blonder jungen Frau startet. ENDE"

„Dann viel Erfolg Polizei Hamburg ENDE."

Wir haben Hunger und Durst und doch nicht.

Es dauert eine weitere ¾ Stunde bis die Nachricht kommt.

#Schiff Constantinus gründlich durchsucht. Keine blonde Frau gefunden. Nur zwei ältere grauhaarige, davon war eine schwer an Magen Darm erkrankt. ENDE#

„Verdammter Mist." murmelt Michael.

Ich murmel vor mich hin. „Die Frau mit Magen Darm könnte Beatrix sein. Auf älter getrimmt mit Perücke und gefesselt in der Koje liegend. Die Polizisten sind bestimmt nicht ganz nah bei ihr gewesen und haben sie ohne Decke gesehen. Oder was gerochen. MIST."

Jens hat mein Gemurmel gehört und verstanden und greift nochmals zum Hörer.

„Moin Küstenwache nochmals Polizei Hamburg. Habt ihr die kranke Frau gesehen. Von der Nähe oder nur von der Ferne? Lag sie in der Koje und war zugedeckt? Und sorry habt ihr den üblen Brech-Geruch wahrgenommen. ENDE „

„Moin Hamburg. Haben die Frau von weitem gesehen, in der Koje liegend, zugedeckt bis zum Hals. Verdammt haben der Aussage geglaubt und wollten uns nicht anstecken. Da unser Krankheitsstand jetzt schon sehr hoch ist. Verdammt. Fahren nochmals raus, sind hoffentlich noch da. ENDE"

„Das ist ja eine tolle Gründlichkeit! Das Schiff ist längst aus ihren Gewässern raus und sie sind nicht mehr zuständig und dann. „ flucht laut nun Michael.

Da geht die Türe zum Aufenthaltsraum auf.

„Leute weibliche Leiche im Hafen, Nähe Pier 7 entdeckt."

„Danke. Auf kommt, fahren wir."

„Lieber Gott. Lass es nicht Beatrix sein. Bitte ." Sage ich lautlos zu mir, während wir zum Pier 7 fahren.

Die Frauenleiche ist viel jünger wie Beatrix, erst um die 17, vergewaltigt und dann brutal mit 7 Messerstichen erstochen. Osteuropäische Herkunft.

Ob das die junge Anruferin war?

Doch der Arzt meint, sie sei schon 7 Tage tot.

Gott sei Dank.

Die Leiche kommt zur Obduktion.

Das wäre kein Job für mich. Wir schauen uns am Fundort um, aber dadurch, dass hier sehr viele LKWs fahren, gibt es keine verwertbaren Spuren.

Eine Handtasche oder Ausweis gibt es auch nicht, das Opfer war bis auf die Unterwäsche nackt.

Wahrscheinlich wurde sie mit einem LKW hierher transportiert und dann wie ein Stück Dreck die Böschung runter geworfen.

Das würde die Lage der Leiche erklären.

Wir hoffen, dass wir mittels Zahnabdruck oder Vermisstenanzeige die Identität der jungen Frau bald klären können.

Doch ergebnislos, die junge Frau wird nirgends vermisst, aufgrund des Zahnabdrucks konnte sie auch nicht identifiziert werden. Das einzige was ziemlich sicher ist, sie muss in einem LKW auf der Ladefläche gewesen sein, denn sie hat kleine Partikel einer LKW Plane unter ihren Fingernägeln. Hat sie sich beim Abwurf daran festgekrallt? Da keine ihrer Fingernägel abgebrochen waren, muss es nicht lange gewesen sein. Oder die Plane war schon sehr brüchig und sie war damit zugedeckt. Wir drehen uns im Kreis.

Dann eine Woche später, wieder eine Frauenleiche. Dieses Mal eine 77 jährige Frau am Alexanderplatz 7. Sie starb an einer

Überdosis Schlafmittel aus einer Milchflasche.

Hier gibt es noch wie früher den Milchservice, täglich 1-2
Flaschen Milch vor der Türe.
Ob das ein gezielte Anschlag war, können wir nicht beweisen,
da die Flaschen unbeobachtet vor den Türen der Bewohner
stehen.
Wir sitzen nach Feierabend bei einem Bier in unserer Stamm-
kneipe. Ich höre wie am Nachbartisch gerade Getränke bestellt
werden ... und zwei Sevenup bitte...
Ich überlege wie sich es anhören würde ... und zwei Sieben auf
bitte...
7..... 7..... 7.... 7....
Pier 7 --- Alexanderplatz 7 --- 77 Jahre alt ---- Revier 7 --- 7
Messerstiche ---- 7 Tage tot --- ist das Zufall???
Oder geplant, Rache, nur an wen? Revier 7 wegen Mr. White
und der vereitelten Entführung von Kim.
„Michael hattet ihr schon mal einen Killer, der sich an Euch
gerächt hat?"
Michael schaut mich verdutzt, noch mit Bierschaum am Mund
an.
„Nein, wie kommst du darauf? He, wir haben Feierabend Julia.
Prost"
„Nur so. Revier 7, 7 Tage später, Pear 7, 7 Messerstiche, 7
Tage tot, 77jährige Frau, Am Alexanderplatz 7. Die verflixte 7,
die mörderische 7", antworte ich darauf.
Michael stellt sein Glas ab, schaut lange durch mich durch und
meint fluchend
„Oh nein. Der Killer ist sauer, dass wir Kim gerettet haben.
Steckt dieser Mr. White dahinter oder in Trittbrettfahrer? Aber
warum?"
Der Feierabend ist vorbei, unsere noch nüchternen
Gehirnzellen fangen an zu rotieren und zu denken.
„Habt ihr jemanden von einer Schleuserbande verhaftet?"
„Nein oder doch. Warte mal, lass mich überlegen."

Das Überlegen klappt bei Michael auch nach zwei Bier und zwei Schnaps sehr gut.

„Sag mal Jens...."

„Jens hi hi."

„Mensch bleib ernst. Wie lange hat Puff-Daddy damals bekommen?"

„10,5 Jahre und ist nach 2/3 wegen guter Führung freigekommen. Nach 7 Jahren und vor 14 Tagen. 2 mal 7."

Puff-Daddy hat sich Mädchen besorgt für seine Amüsier-Betriebe und wieder keine heiße Spur.

Puff-Daddy hatte einen Tag nach seiner Entlassung einen heftigen Bandscheibenvorfall und liegt noch im Gipsbett. Hat er einen Killer bzw. Rächer angeheuert?

Die Gefängnisleitung kann nur von seinem sehr sozialen Verhalten berichten: in der Gefängnisbibliothek, sowie auch im Gefängnisgarten. Wir schauen uns verwundert an, Puff-Daddy bei der Gartenarbeit. Für uns kaum vorstellbar, wir kennen ihn in teuren Lederklamotten mit vielen Goldringen und Goldketten.

Folgende Vorgehensweise schlägt Michael nun vor:

1..wer saß mit ihm in der Zelle?

2..wer hatte Kontakt mit ihm und wurde früher entlassen?

3..Mit wem hatte er Kontakt von der Außenwelt?

4..wer hat ihn und wie oft besucht?

Von der Gefängnisleitung lassen wir uns Puff-Daddys Akte mailen und die Liste aller Insassen der letzten 3 Jahre.

Am nächsten Morgen studieren wir die unter uns aufgeteilte Akte genau.

Jeden Namen, der mir komisch vorkommt, gebe ich in den Polizei-Computer ein.

Einen finde ich nicht, die Person gibt es nicht: Edgar Luntner.

Es gibt zwar eine Paßkopie, doch auch bei der Suche anhand dieser Daten, kein Erfolg. Wer ist dieser ominöse Edgar Luntner?

Ich telefoniere mit der Gefängnisleitung, doch die haben außer den vorhandenen Informationen nichts.

Unter dem Nachnamen Luntner finde ich zwei Personen:
zwei davon sind Frauen
zwei davon sind über 80
einer davon ist verstorben
und meine letzte Hoffnung ist gerade 18 Jahre alt und Medizin-
student. Wieder nichts.
Wütend und frustriert zerknülle ich den Ausdruck und werfe
ihn in den Mülleimer.
Dann lasse ich den PC mit folgenden Informationen suchen:
Geburtsdatum, männlich, Hamburg.
Es gibt niemanden.
Dann nur Tag und Monat, männlich und Hamburg
Hurra 20 Treffer
minus 11 unter 20
minus 06 über 75
macht 04 mögliche männliche Kandidaten.
Ich gebe die Daten in den PC:
1 Bankdirektor
1 Professor
doch die beiden Anderen sind uns bekannt:
#Dirk Komper, 57, arbeitslos, hin und wieder Jobs im Hafen,
vorbestraft wegen Urkundenfälschung und Schmuggel. Er saß
auch mit Puff-Daddy zur gleichen Zeit im Knast.
#Stefan Groß, 59, Hafenarbeiter, vorbestraft wegen Menschen-
handel und illegalem Waffenbesitz. Er saß ein Jahr und 7
Monate mit Puff-Daddy zusammen im Knast.
Jeder von uns hat 2-3 Kandidaten.
So, Puff-Daddy ist in Hamburg, im Stadtteil St. Pauli geboren,
ging dort auch in die Schule und wohnte immer im gleichen
Stadtteil. Machte eine Lehre als Schreiner, die er abgebrochen
hat. Er hatte mehrere Verlobte und saß mehrere Male im Ge-
fängnis.
Diese Informationen halten wir auf einem Flipchart fest. Nun

heißt es, die Kandidaten auf Gemeinsamkeiten zu ihm zu prüfen.

Meine beiden haben bis auf einen Knastaufenthalt mit ihm, keine Gemeinsamkeiten.

Michael und Jens haben je einen Top-Kandidaten.
Beide waren mit ihm auf der gleichen Schule.
Beide leben nebeneinander im selben Stadtteil.
Wir fahren zu den uns bekannten Adresse der Beiden. Doch es macht niemand auf. Die Nachbarn meinen, dass die beiden Herren schon lange nicht mehr hier war. Die Post stapelt sich schon, sie hätten alles in eine Kiste vor die Wohnungstüre gepackt.

Wir kontrollieren die Post, die Zeitungen sind vier Wochen alt. Wo sind die Beiden?

Bei beiden sind die Zeitungen so alt. Sind die Beiden untergetaucht?

Oder planen sie schon den nächsten Mord gemeinsam?

Um mich wieder aufzubauen, jogge ich eine große Runde auch am Kai entlang. Der Weg ist gut ausgebaut, wenn nur die kläffenden Hunde nicht wären, wäre diese Strecke traumhaft.

Bei einer Pause lasse ich meinen Blick übers Wasser gleiten. Die Sonne scheint, die Möwen ziehen ihre Runden und die Schiffe hinterlassen ihre Spuren auf der sonst glatten Wasseroberfläche. Ein idyllisches Bild.

Der Kahn da draußen kommt mir bekannt vor. Ich hole meine Kamera raus und zoome ihn her. Die Constantinus macht Fahrt auf den Hafen von Hamburg. Ich glaube nicht, dass wir jetzt noch etwas finden, aber wir sollten das Schiff samt Mannschaft im Auge behalten.

„Moin Michael."

„Moin Julia, hast du wieder eine Leiche entdeckt? Bitte nicht, die 7 Tage sind noch nicht rum."

„Nein Michael. Bin gerade am Kai beim Joggen. Weißt du wer da gerade den Hafen von Hamburg ansteuert? Die Constantinus. Na was sagst du ? Wir sollten Schiff und

Mannschaft unbemerkt beobachten. Oder was meinst du ?"

„Ja super Idee. Ich kümmere mich um die Teams und
organisiere es. Bist du dabei?"
„Sicher doch. Bin aber nicht sofort einsatzbereit, da ich noch
beim Joggen bin."
„He Julia, wir haben jetzt Feierabend. Die Anderen wollen ja
auch etwas arbeiten. Bis morgen Julia, halt, vor 10 Uhr will ich
dich morgen nicht auf dem Revier sehen. Schlaf dich aus, es
wird wahrscheinlich morgen wieder spät. Schönen
Feierabend."
„Danke ebenfalls bis Morgen 10 Uhr auf dem Revier Michael."
Eines habe ich in der kurzen Zeit in Hamburg gelernt: wenn
Michael sagt um 10 Uhr, dann sollte man sich daran auch
halten.
Ich schlafe schnell ein und nach einer ausgiebigen Dusche und
einem leckerem Frühstück, bin ich fit ohne Ende. Ich sehne
mich buchstäblich nach einer neuen Herausforderung. Ich
steige 10 vor 10 aus dem Bus und laufe die letzten Meter bis
zur Eingangstüre.
Da klingelt mein Handy
„Brandt."
„Moin Frau Brandt. Hier ist Gabi, eine Freundin von Beatrix
aus Hamburg."
„Moin Gabi, wie kann ich ihnen helfen?"
„Frau Brandt, ich kann es noch gar nicht glauben. Beatrix hat
gerade angerufen, sie lebt und es geht ihr gut."
„Gabi super. Wo ist Beatrix?"
„Frau Brandt, das hat sie nicht gesagt. Nur dass es ihr gut geht
und dass wir uns keine Sorgen machen sollen."
„Gabi, wir klang Beatrix Stimme, haben sie nicht gefragt, wo
sie gerade ist?"
„Ich habe nicht mit ihr gesprochen. Ich war gerade mit dem
Hund Gassi und Beatrix hat eine Nachricht auf dem Anruf-
beantworter hinterlassen. Warum? Aber es war Beatrix."

„Gabi bitte löschen sie die Aufnahme nicht. Ich komme gleich bei Ihnen vorbei."

„Okay, ich bin noch eine ¾ Stunde Zuhause, dann muss ich los."

„Das ist okay, dass schaffen wir. Sie wohnen an der Außenalster 12 stimmt's ?"

„Ja"

Ich gehe ins Revier, Michael ist noch nicht da, aber Jens.

„Jens kommst du eben mit. Wir müssen zu Beatrix Freundin Gabi zur Außenalster 12. Beatrix hat sich bei ihr gemeldet und eine Nachricht auf dem Anrufbeantworter hinterlassen. Haben wir ein gutes Aufnahmegerät ?"

„Moin Julia, ja, ja ... Bin gleich im Auto, geh schon mal vor."

Ich versuche draußen Michael zu erreichen, doch vergebens.

Da klopft mir jemand auf die Schulter.

„Moin Julia, willst du schon wieder gehen ?"

„Moin Michael, nein. Beatrix hat sich bei ihrer Freundin Gabi gemeldet und eine Nachricht auf dem Anrufbeantworter hinterlassen. Diese will ich mit Jens abhören und aufnehmen. Ist das okay ?"

„Ja. Viel Erfolg, holt Jens den Recorder ?"

„Ja"

Wir hören uns die Aufnahme mehrmals an und nehmen sie auch mehrmals auf.

„Gabi fällt Ihnen irgendwas auf bei dieser Nachricht? Klingt Beatrix immer so ?"

„Eigentlich schon glaube ich, oder nicht ?"

„Das dürfen Sie mich nicht fragen, sie sind doch Beatrix Freundin. Sie kennen sie."

„Ja, ich meine ja."

„Danke für den Anruf und einen schönen Tag noch Gabi. Sie haben uns sehr geholfen."

Ich bin nicht davon überzeugt, dass Gabi richtig hingehört hat, sie ist froh, dass Beatrix sich gemeldet hat.

Wir hören uns die Nachricht auch noch mal an.
#So oder So. Meine Wohnung hält mein Gegenüber in Schuss.
Lasst mir auch 10 Urlaubstage Zeit. Petra richte Annette Grüße
aus. So oder so. Ciao Beatrix#
„Spricht so eine freie Frau ? Was will uns Beatrix damit
sagen ?"
Michael schaut mich fragend an.
„Julia du hast eine blühende Fantasie."
„Michael ... verdammt Beatrix will uns etwas sagen... Sie hat
Gabi angerufen und bittet Petra Grüße auszurichten. Ver-
dammt."
Ich schreibe den Text ab und zwar nur die ersten Buchstaben
und einen Teil der Worte und daraus wird :
#SOS mir geht es gut M.W.H.M.G.I.S.L.M.A.10
U.Z.P.R.A.G.Aus. SOS#
Daraus wird dann :
**SOS mir geht es gut. Mister White hält mich gefangen im
Schiff, laufen morgen aus 10 Uhr Ziel Prag SOS**
„WOW du hast Fantasie, aber das kann stimmen. Ist die
Constantinus noch in Hamburg ? Ruf die Hafenpolizei an, sie
sollen das Schiff festsetzen und dieses Mal total gründlich
untersuchen."
Jens hängt sich sofort ans Telefon und das keine Minute zu
spät, dem Kapitän sollen gerade die Papiere überreicht werden.
Gott sei dank, hat Karl wieder Dienst, als er Jens Nummer im
Display sieht, hält er die Papiere fest und nimmt zuerst das
Telefonat an.
„Moin Küstenwache Hamburg Karl am Apparat."
„Moin Karl, Jens hier, ist die Constantinus schon
ausgelaufen?"
„Moin nein."
„Okay, du kannst nicht sprechen, er steht noch bei Dir. Wir
haben einen SOS Hilferuf von diesem Schiff erhalten. Wir sind
gleich da, festhalten. Großalarm. Bitte."
„Geht klar, bis dann, ganz rechts anlegen. Moin."

Er hält irgendwie Herrn Pangionis noch solange hin, bis wir da sind.

Jens und ich gehen ins Büro, in dem Herr Pangionis noch arglos, aber etwas nervös sitzt.

Karl erzählt ihm gerade von einem Frachter bei dem Maschinenöl ausläuft und deshalb niemand den Hafen verlassen darf.

„Moin Herr Pangionis, na was zahlt ihnen Herr White, dass sie eine junge Frau nach Prag bringen, gefangen unter Deck und unfreiwillig? Sie sind hiermit vorläufig festgenommen, wegen der Mithilfe einer Entführung etc. Alles was sie jetzt sagen kann und wird gegen sie verwendet, sie dürfen ihren Anwalt anrufen. Julia bitte die silbernen Armreifen."

„Hier bitte Jens."

Herr Pangionis ist so überrascht, dass er sogar seine Hände uns entgegenstreckt. Er flucht laut und lange in seiner Heimatsprache.

„Danke Karl. Super gemacht, bis später."

„Bis später Jens."

Wir bringen ihn in den Polizeibus, bevor wir an Bord gehen.

Die Kollegen haben noch niemanden gefunden. Mein Bruder hatte früher gerne Frachter als Modell zusammengebaut und immer im Rumpf was versteckt, was ich dann suchen sollte.

Ich schnappe mir Jens und gehe in den Maschinenraum, bewaffnet mit Waffen und einer starken Taschenlampe. Ich steuer eine dunkle Ecke an, durch den Lärm hier, hören wir kein Geräusch. Dort leuchte ich die Wände ab.

„Julia was suchst du ?"

„Jens hier irgendwo dahinten ist bei jedem Dampfer ein Hohlraum, ein ideales Versteck für eine Person. Beatrix ist nicht groß."

Wir leuchten weiter.

„Julia komm mal her." schreit nun Jens.

Er leuchtet auf einen Ritze, wo ein weißes Stück Papier rausschaut. Es ist winzig klein, aber wenn man nach etwas sucht sichtbar. Als wir daran ziehen, zieht jemand auf der Seite auch daran.

„Jens hol Verstärkung ich bleibe hier."

Durch den starken Lärm muss Jens nach oben laufen, da sonst keine Verständigung möglich ist.

In der Zwischenzeit stecke ich meine Visitenkarte durch die Ritze. Sie wird reingezogen und dann wieder ein Stück raus und wieder rein. Hurra wir haben sie gefunden.

Sechs Männer stemmen die Planken dort auf. Es dauert für Beatrix sehr sehr lange und auch für mich. Nachdem wir sie von ihren Fesseln und dem Klebeband über ihrem Mund befreit haben, bricht Beatrix heulend in meinen Armen zusammen.

Zeitgleich kommen zwei Sanitäter die Treppe runter. Sie lässt meine Hand nicht los und so fahre ich mit im Rettungswagen in die Klinik. Wir sind gute Freundinnen geworden.

Mr. White und Herr Pangionis wurden verhaftet.

Und ich .... Ich bin in Hamburg geblieben und bin nicht nur beruflich mit Michael zusammen......